엄마의 말뚝 1

아시아에서는 《바이링궐 에디션 한국 대표 소설》을 기획하여 한국의 우수한 문학을 주제별로 엄선해 국내외 독자들에게 소개합니다. 이 기획은 국내외 우수한 번역가들이 참여하여 원작의 품격을 최대한 살렸습니다. 문학을 통해 아시아의 정체성과 가치를 살피는 데 주력해 온 아시아는 한국인의 삶을 넓고 깊게 이해하는 데 이 기획이 기여하기를 기대합니다.

ASIA Publishers presents some of the very best modern Korean literature to readers worldwide through its new Korean literature series <Bilingual Edition Modern Korean Literature>. We are proud and happy to offer it in the most authoritative translation by renowned translators of Korean literature. We hope that this series helps to build solid bridges between citizens of the world and Koreans through a rich in-depth understanding of Korea.

바이링궐 에디션 한국 대표 소설 004

Bi-lingual Edition Modern Korean Literature 004

Mother's Stake 1

박완서

엄마의 말뚝 1

Pak Wan-sŏ

ASIA PUBLISHERS

Contents

엄마의 말뚝 1

Mother's Stake I

농바위 고개만 넘으면 송도라고 했다. 그러니까 농바위 고개는 박적골에서 송도까지 사이에 있는 네 개의 고개 중 마지막 고개였다. 마지막 고개답게 가팔랐다. 이십 리를 걸어온 여덟 살 먹은 계집애의 눈에 고개는 마치 직립해 있는 것처럼 몰인정해 보였다. 그러나 무성한 수풀을 뚫고 지나간 것처럼 고갯길이 끝나면서 빵하게 열린 하늘은 우물 속의 하늘처럼 아득하게 괴어 있어서 나를 겁나게도 가슴 울렁거리게 했다.

나는 타박타박 쉬지 않고 걸었다. 양손을 엄마와 할머니가 잡고 있었다. 엄마도 할머니도 머리에 커다란 임을 이고 있었다. 내 걸음걸이가 지쳐 보일 때면 엄마와 할머

They said Songdo was just on the other side of Wardrobe Rocks Hill, the last of four hills between our village and the city, and the steepest. To a six-year-old girl who had plodded 20 *li*, this hill looked as menacing as a towering adult. The winding path had come to an end, as if we had reached the edge of a dense forest, and suddenly the sky was endlessly vast, so deep and distant, as if reflected in a well, that it frightened me and at the same time made my heart pound with excitement.

I had been trudging along all morning, Mother and Grandmother each holding one of my hands. They were carrying big bundles on their heads.

니는 서로 눈을 맞추고는 양쪽에서 내 겨드랑 밑에 손을 넣어 번쩍 들어 올려서 그네 태우듯이 대롱대롱 흔들면서 몇 발자국 종종걸음을 치고 나서 내려놓아 주곤 했다. 무거운 임을 인 두 분에게 그것이 힘겨운 일이었겠지만 나는 그동안이 너무 짧아 번번이 아쉬웠다.

그러나 농바위 고개를 오르면서는 두 분은 약속이나 한 듯이 내 지치고 부르튼 발에 그만큼의 아첨도 하려 들지 않았다. 그 대신 양쪽에서 두 분의 손이 각각 질이 다른 끈적거림으로 내 작은 손을 점점 더 아프게 옥죄기 시작했다. 나는 미지의 고장으로 어쩔 수 없이 끌려가고 있는 중이었다. 끌려가고 있다는 생각 때문에 가파른 고개를 오르면서 추락하고 있는 것 같은 아찔한 공포감과 속도감을 맛보고 있었다.

마침내 우리는 고개의 정상에 섰다.

"봐라, 송도다. 대처다."

엄마는 마치 자기가 그 대처의 주인이라도 되는 것처럼 자랑스럽게 말했다. 아닌 게 아니라 송도는 엄마가 방금 보자기에서 풀어 놓은 것처럼 우리들의 발아래 그 전모를 남김없이 드러내고 있었다.

내가 최초로 만난 대처는 크다기보다는 눈부셨다. 빛의

When my steps faltered, they exchanged glances, and lifting me up by my armpits, swung me for several short steps. It must have been hard for them to carry me like that, with those heavy bundles, but I felt disappointed every time they put me down. The ride always ended too quickly.

But as soon as we began to climb Wardrobe Rocks Hill, they didn't care about my tired and blistered feet. Instead, their grips on my hands, one damper than the other, grew tighter and more painful.

I was being dragged to a strange city. Because I felt that I was being taken from my hometown against my will, I was dizzy as I climbed that steep hill, as if I were falling at a great speed.

Finally we stood at the top of the hill.

"Look, it's Songdo. A big city." Mother spoke as if she owned the place. Songdo spread nakedly below us. I almost believed Mother had just pulled it out of a handkerchief, like a magician.

This city, the first I had ever seen, looked more dazzling than enormous. It was a mass of lights. To an eye accustomed only to warm, gentle light reflected back from clay walls and thatched roofs, the midday sunshine had a hostile glint like a shaft

덩어리처럼 보였다. 토담과 초가지붕에 흡수되어 부드럽고 따스함으로 변하는 빛만 보던 눈에 기와지붕과 네모난 이층집 유리창에서 박살나는 한낮의 햇빛은 무수한 화살처럼 적의를 곤두세우고 있었다.

내가 그보다 먼저 딱 한 번 만난 적이 있는 대처 사람의 인상도 그랬었다. 그 대처 사람은 외삼촌이었다. 할머니는 사돈의 뜻하지 않은 방문에 쩔쩔대면서 시골구석이라 대처 사람 대접할 게 변변치 못하다는 말을 수없이 하셔서 나는 그가 대처 사람이란 걸 알 수가 있었다. 나는 그 대처 사람이 싫었다. 그는 검정빛 양복을 입고 있었다. 양복쟁이가 처음은 아니었다. 언젠가 동구 밖을 자전거 탄 사람이 지나간 적이 있는데 아이들이 "순사다"라는 바람에 혼비백산 집으로 뛰어드느라고 자세히는 못 봤지만 그것 비슷한 옷을 입고 있었다. 그러나 양복보다 더 기분 나쁜 건 눈에 쓴 안경이었다.

오빠는 나보다 훨씬 먼저 엄마가 대처로 데려갔는데, 그때 오빠는 자기의 귀중품을 나에게 고스란히 물려주고 갔다. 마을에서 시오 리나 떨어진 면소재지에 있는 소학교를 졸업하고 중학교에 가기 위해 대처로 가는 오빠는 별의별 걸 다 가지고 있었다. 새총, 팽이, 제기, 연, 딱지,

of innumerable arrows, broken by the tile roofs and glass windows of boxy two-story buildings.

The only city person I had ever met had the same look. He was Mother's brother. I knew he was from a city because Grandmother had been flustered by his unexpected visit, repeatedly saying that there was nothing good enough in our village to feed a guest from the city. I hated him. He was wearing a black Western suit. He wasn't the first man in a Western suit that I had seen. Once I spotted a man on a bicycle on the outskirts of the village and the other children had shouted, "Policeman!" We scattered, frightened to death, so I didn't get a close look at him, but he was wearing a similar outfit. But Uncle's eyeglasses were more unpleasant than his suit.

Mother took Brother to Seoul a long time before she came back for me, and he left behind all his valuable possessions. He had graduated from elementary school in a town 15 *li* away and was going to the city to attend middle school. He possessed all sorts of things: slingshots, tops, a shuttlecock, a kite, cards, a sled, crayons, a magnet, and a piece of glass. The only thing I really coveted was the magnet. It was fun to watch him draw up

썰매, 크레용, 지남철, 유리조각…… 그중에서 내가 정말 갖고 싶었던 건 지남철뿐이었다. 지남철로 오빠가 화로를 휘저어 쇠붙이를 모조리 끌어올리는 것도 재미있었지만, 내가 온종일 찾지 못한 할머니가 바느질하다 놓친 바늘이 오빠의 지남철 끝에서 방금 낚아 올린 붕어처럼 비늘을 반짝이며 파르르 떨고 있는 걸 볼 땐 시샘과 경탄으로 숨이 막힐 지경이었다. 고 신기한 게 마침내 내 것이 된 것이다. 그러나 오빠는 나에게 더 신기한 걸 가르쳐 주고 떠났다. 그건 유리조각의 쓸모였다. 오빠는 그 동그란 유리조각으로 햇볕을 일으키는 법을 가르쳐 준 것이다. 유리조각을 통과한 빛이 종이 위에서 창백하고도 뜨거운 느낌으로 송곳 끝처럼 오므라드는 걸 지켜볼 때 내 심장도 그만한 크기로 옥죄였고 마침내 그곳에서 파란 연기가 모락모락 피어오르자 나는 온몸이 오싹오싹하면서도 가슴은 화끈했고 곧 오줌이 마려웠다. 그날 밤 나는 내가 직접 그짓을 하는 꿈을 꾸다가 정말 오줌을 싸고 말았다. 그래선지 나는 지금까지도 아이들 버릇 가르치기 위한 이런저런 항간의 속성 중 '불장난하면 오줌 싼다'는 말을 믿는 편이다.

오빠는 화경을 물려주면서 어른 몰래 간수하란 소리는

every bit of metal from a brazier, and I was full of envy and admiration when I saw him catch a needle Grandmother had dropped while sewing, which I had been searching for all day. The needle was pulled up, shaking and shimmering like the scales of a freshly caught fish. That marvelous object had finally become mine. Before Brother went away, he had taught me something even more intriguing—how to use that piece of glass. With it, he showed me how to make a fire with sunlight. The light passed through the glass, growing smaller, giving the impression of both paleness and heat, until it was the size of a screwdriver tip. As I watched it, my heart shrank just as small. When blue smoke finally wafted up from the tinder, chills ran down my spine, my heart was aflame, and I thought I'd wet my pants. That night I dreamt that I was making a fire and ended up wetting the bed. So I still believe that old wives' tale: "When you play with fire, you'll wet your bed."

As he handed me the piece of glass, Brother didn't tell me to keep it a secret from the adults. But I felt guilt because of the tingling sensation I had when I played with it. So I hid the glass from the grownups and only played with it behind their backs. One

안 했다. 그러나 그것으로 할 수 있는 장난의 그 오싹오싹함에서 죄의 맛을 감지한 나는 그것을 어른 몰래 감추었고, 장난도 어른들이 안 보는 데서만 했다. 그러나 언젠가 잘 마른 짚북더미 위에서 그짓을 하다가 그만 짚북더미로 불이 옮아 붙어 하마터면 집을 태울 뻔한 큰일을 저지르고 말았고, 그 바람에 나는 화경을 당장 빼앗기고 엉덩이가 부르트도록 얻어맞았었다.

외삼촌은 그 무서운 화경을 하나도 아니고 둘을 양쪽 눈에 하나씩 붙이고 있었다. 안경의 번쩍거림 때문에 나는 그 속의 눈을 볼 수가 없었다. 나는 그렇게 번쩍거리는 사람이 싫고 무서웠다. 외삼촌은 웃으면서 나에게 손을 벌렸지만 나는 할머니 치마꼬리에 휩싸여 막무가내 그 앞으로 가지 않았다. 외삼촌이 주머니에서 반짝이는 은전을 한푼 꺼내 보이면서 나를 유혹했다. 나는 조금도 동하지 않았다. 나는 은전의 쓸모를 몰랐다. 그건 안경과 마찬가지로 외삼촌의 몸에서 빛을 내는 것 중의 하나일 뿐이었다. 할머니가 민망했던지 나를 억지로 당신의 치마꼬리에서 떼어내어 외삼촌 앞으로 밀어내려고 했다. 나는 외삼촌이 싫고 무서워서 엉엉 울며 발버둥질 쳤다.

"그냥 두세요. 낯을 몹시 가리는군요."

day, I made a stack of dry hay catch fire, and almost burned down the house, too. So the glass was taken away from me, and I got a good spanking until I had blisters on my bottom.

Uncle had that same terrible glass on both of his eyes. I couldn't even see his eyes because of those glittering glasses. That glittering man disgusted and frightened me. Uncle opened his arms, smiling, but I didn't dare go near him. Hidden behind the cloud of Grandmother's skirt, I was adamant. Uncle pulled a silver coin from his pocket to entice me, but I wasn't tempted at all. I didn't know the value of a silver coin. It was just one more shiny thing from Uncle's body. Grandmother must have been embarrassed; she shoved me away and tried to push me toward him. I wailed and flailed about, seized by hatred and terror.

"Please let her be. I suppose she's very shy," he said.

"Strange! She's never acted this way before..." Grandmother clucked her tongue and let me hide behind her skirt again. Afterward all I remembered about Uncle was his eyeglasses.

Now the city had the same face as Uncle's. The path down the hill became more winding and less

"참 별일이네, 안 그러던 애가……."

할머니가 혀를 차면서 나를 다시 당신의 치마폭에 휩쌌다. 그 후에도 나는 외삼촌에 대해 안경밖에 생각나는 게 없었다.

대처는 그 외삼촌 같은 얼굴을 하고 있었다. 내리막길은 올라올 때와는 다르게 구불구불 구비지고 덜 가팔랐다. 나는 슬그머니 엄마의 손을 뿌리치고 할머니한테 두 손으로 매달리면서 치마폭에 휩싸였다. 할머니 치마폭은 집에서 내가 툭하면 휩싸일 때처럼 만만하고 구속하지 않았다. 풀을 세게 먹여 다듬이질한 옥양목 치마는 차갑다 못해 날이 서 있는 것처럼 느꼈다. 그러나 엄마를 뿌리치고 할머니한테 매달렸다는 건 대처로 가기 싫다는 나의 의사표시였다.

할머니는 내 편이었다. 엄마는 나를 대처로 데려가려 했고, 할머니는 나를 대처로 안 보내려고 했다. 엄마가 나를 데리러 시골집에 나타나고 나서 할머니와 엄마는 줄창 다투기만 했다. 그러나 두 분 다 나한테 어디서 살고 싶으냐고 물어보진 않았다. 나는 대처라는 델 가 보진 않았지만 싫었다. 박적골 집은 나의 낙원이었다. 뒤란은 작은 동산같이 생겼고 딸기 줄기로 뒤덮여 있었다. 그밖에도 앵

steep. I surreptitiously let go of Mother's hand and clutched Grandmother with both hands, hiding behind her skirt. At home her skirt had always welcomed me when I clung to her. This time, though, her long rough cotton skirt was starched and pressed so stiff that it felt like a cold knife. Shaking free of Mother's hand and clinging to Grandmother was how I expressed my reluctance about going to the city.

Grandmother had been my ally. Mother had wanted to take me to the city, but Grandmother didn't want to send me. After Mother had come home to take me to Seoul, Grandmother and Mother fought constantly. Neither of them asked me where I wanted to live.

I had never been to a big city but I hated it already. The house at Pakchŏk Hamlet was paradise for me. The backyard looked like a small hill covered with strawberry plants. There were cherry trees, pear trees, plum trees, and apricot trees. They bloomed and bore fruit when the season came. There was a hill thick with chestnut and acorn trees further back, with our ancestors' tombs and a valley with a clear stream. The courtyard in front of Grandfather's quarters was big, even, and smooth. On

두나무, 배나무, 자두나무, 살구나무가 때맞춰 꽃피고 열매를 맺었고 뒷동산엔 조상의 산소와 물 맑은 골짜기와 밤나무, 도토리나무가 무성했다. 사랑 마당은 잔치 때 멍석을 깔고 차일을 치면 온 동네 손님을 한꺼번에 칠 수 있도록 넓고 바닥이 고르고 판판했지만 둘레에는 할아버지가 좋아하시는 국화나무가 덤불을 이루고 있었다. 꽃송이가 잘고 향기가 짙은 토종 국화는 엄동이 될 때까지 그 결곡한 자태를 흐트러뜨리지 않았다.

그러나 국화꽃 필 때면 더욱 낭랑해지는 할아버지의 적벽부 읊조리는 소리가 끊긴 지는 오래되었다. 임술지추칠월기망에 소자여객으로 범주유어 적벽지하할새…… 대신 놋재떨이에 담뱃대 부딪는 소리와 메마른 기침 소리가 사랑이 비어 있지 않다는 걸 알려 줄 뿐 사랑 미닫이는 한여름에도 열리지 않았다. 맏아들을 잃자마자 할아버지는 동풍을 하셔서 반신불수가 된 채 두문불출이셨다. 아버지의 죽음이 문제였다. 내가 그 낙원에서 기억할 수 있는 모든 나쁜 일은 아버지의 죽음으로부터 시작됐다. 아버지는 어느 날 심한 복통으로 마루에서 댓돌로 댓돌에서 세 층이나 아래인 마당으로 데굴데굴 굴러떨어지면서 마당의 흙을 손톱으로 후벼 파면서 괴로워했다. 곧 한의사를 불렀

festive occasions mats were spread out there, shades were drawn, and all the people in the village gathered to enjoy themselves. There was a patch of native chrysanthemums that Grandfather loved. Those small flowers with such a strong fragrance never faded until the coldest days of winter.

Grandfather's booming voice reciting the classic Chinese poem "Ode to the Red Cliff"—"*On the sixteenth day of the sixth month in the Renchen year, when Su Donpo reveled with a guest on a boat floating at the mouth of the Red Cliff River...*"—had been especially resonant around the time chrysanthemums were in full bloom. But that was all in past. Only dry coughs and the clink of his long pipe against the brass ashtray indicated that his room wasn't empty. Even during the hot summer months, the sliding doors were shut. Soon after Grandfather lost his eldest son, he had a stroke, which paralyzed half of his body. He was confined to his room. That eldest son was my father. So my father's death caused it all. All the bad memories in my paradise started with his death. One day he had a bad stomachache, so severe that he writhed and rolled down from the veranda to the stone shoe ledge, and then to the yard three steps below. He

다. 사관을 트게 하고 탕제를 달이는 동안이 급해 할머니는 엿기름을 타다가 떠 넣고 할아버지는 청심환을 엄마는 영신환을 물에 개서 입에 흘려 넣었으나 차도가 없었다. 급히 달인 탕제도 아무런 효험을 못 보자 엄마와 할머니는 무당집으로 달려가서 무꾸리를 하니까 집터에 동티가 나도 단단히 났으니 큰굿 해야겠다고 하면서 굿날을 받아 놓기만 해도 당장 차도가 있을 거라고 장담을 해서 우선 굿날 먼저 받아 놓고 오니 아버지는 막 숨을 거둔 뒤였다.

그때가 아직 우리가 새집을 지은 지 삼 년 안인 때라 사람들은 모두 집터 동티가 과연 무섭긴 무서운 거라고 혀를 내두르며 공구했다. 그러나 할머니 말씀을 좇아 무당집에 가느라 아버지의 임종도 못 지킨 엄마건만 친가의 대소가가 대처에 살고 있어 이미 처녀 적에 문명의 소문에 접할 기회가 좀 있었던 엄마의 생각은 달랐다. 엄마는 아버지를 죽게 한 병이 대처의 양의사에게만 보일 수 있었으면 생손앓이처럼 쉽게 째고 도려내고 꿰맬 수 있는 병이라는 걸 알고 있었다.

엄마는 그때부터 대처로의 출분을 꿈꿨다. 마침 오빠의 소학교 졸업을 기회로 그 꿈은 구체화됐다. 엄마는 아버

was in such agony that he dug his fingernails into the dirt. A doctor of Chinese medicine was summoned at once. While he did acupuncture on the four points of my father's hands and feet and boiled some herbal medicine, Grandmother hurriedly spooned malt into his mouth. Grandfather pushed one emergency Chinese pill into his mouth and Mother spooned in another mixed with water, but none of this had any effect. When the hastily brewed medicine proved ineffective, Grandmother and Mother rushed to consult a shaman. They were told that the evil spirit from the site of the house was overpowering him. If they just set a date for a shamanist ritual, his condition would improve immediately. They agreed on a date and came home, but Father had breathed his last just minutes before.

It had been less than three years since we built our new house. People were struck with fear, shaking their heads in disbelief over the frightening power of this evil spirit. Mother didn't agree with them. Even though she visited the shaman with her mother-in-law so she wasn't even with her husband when he died, she had relatives in cities and had tasted a bit of civilization before her marriage. She

지의 삼년상도 받들기 전에 오빠를 데리고 서울로 떠났다. 맏며느리로서 시부모 공양하고 봉제사라는 신성한 의무를 포기하는 대신 엄마는 아무런 재산상의 권리도 주장하지 못했다. 숟가락 하나도 집안 것은 안 건드리고 오로지 당신의 단 하나의 재간인 바느질 솜씨만 믿고 어린 아들의 손목을 부여잡고 표표히 박적골을 떠났다. 그때는 내가 떠날 때 같은 고부간의 사전 불화조차 없었다.

며느리의 그런 불효막심하고도 당돌한 계획을 막을 수는 없으리라는 걸 노인들은 이미 알고 있었다. 큰소리 내봤댔자 집안 망신이나 더 시키게 되니 그저 쉬쉬하는 걸로 점잖은 집안의 체통이나 지키려는 체념과 아들 하나는 대처로 데리고 나가 어떡하든 성공시켜 보겠다는 며느리의 굳은 결심에 은근히 거는 한 가닥 희망 때문에 어머니의 일차 출분은 비교적 순조롭고 조용했다. 그러나 소학교를 갓 졸업한 어린 소년의 어깨엔 대처에 나가 어떡하든 성공해야 된다는 가뜩이나 벅찬 짐이 그만큼 더 무거워진 셈이었다. 나는 오빠와 친하고 깊이 사랑했기 때문에 막연하게나마 오빠가 걸머진 짐의 무게를 같이 느낄 수가 있어서 오빠가 안쓰럽고 불쌍했다. 내가 그 고장 사람들이 대처라 부르는 송도나 서울에 대해 그 나이 또래

knew that the disease that killed Father could have been cut out and he could have been sewn up as simply and easily as an infected finger. If only he had seen a city doctor trained in Western medicine!

From that moment on, Mother began to dream of escaping to the city. Brother's graduation from elementary school gave her an opportunity to turn this dream into reality. Mother took him to Seoul, even before the obligatory three-year mourning period for Father was over. She had to give up her rights to any property because she was shirking her duties as the eldest daughter-in-law: taking care of her parents-in-law and the ancestral memorial services. She didn't take a thing with her, not even a spoon, placing her faith squarely in her sewing skills. She left home like the wind, holding only the hand of her young son. On the eve of her departure, there was no argument between Grandmother and Mother. My grandparents knew that they couldn't stop this utterly unfilial and daring plan of their daughter-in-law. They gave in easily, partly because they were resigned and wanted to preserve the veneer of a genteel family, thinking that creating a scene would only compromise the family further in the eyes of the villagers. But also

의 계집애다운 막연한 동경조차 품지 못하고 다만 두렵기만 했던 건 대처에 가면 꼭 해야 한다는 그 성공이라는 것 때문인지도 몰랐다. 삼촌이 두 분이나 있었으나 어떻게 된 게 그때까지도 아들을 두지 못하고 하는 일도 시원치 않은데 단 하나의 장손인 오빠는 인물이 준수하고 총명했다. 월반을 하여 소학교를 오 년 만에 졸업했다 해서 인근 마을엔 신동이란 소문까지 나 있었다. 그러나 쇠퇴해 가는 가운의 중흥의 책임을 지기에는 아직 어린 소년이었다.

나는 가끔 오빠를 보고 싶어 했지만 보러 대처에 가고 싶진 않았다. 엄마도 별로 보고 싶지 않았다. 나는 그때 책임이라는 게 무엇이라는 걸 알 나이가 아니었지만 어른들과 대처가 공모를 해서 오빠에게 고약한 올가미를 씌우려 하고 있다는 것만은 눈치채고 있었다. 엄마가 없는 동안 나는 할머니 할아버지는 물론 삼촌들, 삼촌댁들의 귀여움을 독차지하고 있었다. 내가 하고 싶다고 생각해서 안 되는 게 없었다. 나는 방목된 것처럼 자유로웠다. 올가미 같은 건 쓰고 싶지 않았다.

그러나 어느 날, 엄마는 나까지 대처로 데려가기 위해 나타났다. 나는 할머니 목에 팔을 칭칭 감고 매달려서 오

because they secretly harbored hope for their daughter-in-law's unswerving determination to take her son to the city and make him a success, whatever it might take to do so. That was why Mother's first escape was relatively smooth and quiet. But the burden on the shoulders of a boy who had just graduated from elementary school grew even heavier with the expectation that he had to go to the city and become a success no matter what. Since I had always gotten along very well with Brother and loved him dearly, I could also feel, if only vaguely, the weight of that heavy burden. My heart went out to him. I didn't have any longing for Songdo or Seoul—both called "the city" by villagers —like most girls my age. All I felt was fear, probably because of this "success" expected of people once they got there.

My grandparents had two other sons, but neither of them had a son yet, and weren't doing well financially. Brother, however, their first grandson, was handsome and smart. He had skipped a grade and graduated from elementary school in only five years. He was known as a gifted child in the neighboring towns. Even so, he was too young to shoulder the responsibility of reviving the declining

래간만에 만나는 엄마를 차디차게 노려보면서 막무가내 안 따라가려고 했다.

할머니와 엄마의 말다툼이 시작됐다. 처음에 할머니는 어려운 객지 살림에 한 식구라도 덜어 주려고 안 보내는 거지 에미애비 없는 새끼로 기르기가 쉬운 줄 아냐고 큰 소리쳤다.

"그러니까 데려가려는 거예요. 굶든 먹든 자식은 에미가 데리고 있어야죠. 애비도 없는 자식을 에미까지 그리며 자라게 할 순 없어요."

엄마가 강경하게 나오자 그제야 할머니는 눈물을 글썽이며 애걸했다.

"이 매정한 것아, 우리 두 늙은이가 그저 이 녀석 들락거리고 재재거리는 거 하날 낙으로 삼고 사는 것도 모르고…… 느이 동서가 태기라도 있으문 나도 안 이런다. 설마 셋째한테서야 곧 태기가 안 있을라구. 그때 가서 데려가면야 누가 뭐라겠냐."

"그렇게는 안 되겠어요 어머님. 학교를 보내는 데는 때가 있으니까요."

"핵교를? 기집애를 핵교를?"

"네, 기집애도 가르쳐야겠어요."

family fortune.

Sometimes I missed Brother, but I never wanted to go to the city. And I didn't yearn for Mother, either. I wasn't old enough to understand the concept of responsibility, but I sensed that the adults and the big city had conspired to tighten a noose around Brother's neck. While Mother was away, I basked in the attention and affection of my uncles and aunts, not to mention my grandparents. I was as free as a wild horse. I didn't want to be roped and reined in.

One day, however, Mother appeared to take me to the city. I wrapped my arms tightly around Grandmother's neck, and glared at my mother who had been gone for so long. I refused to go with her.

Grandmother and Mother began to argue. At first Grandmother said she didn't want to send me because she wanted to help Mother by unburdening her of at least one mouth to feed on a meager income. And did Mother think it had been easy to raise a parentless child?

"That's why I'm taking her. Starved or not, it's a mother's job to raise her child. I just can't let the poor fatherless thing grow up missing her mother."

Mother was adamant, so Grandmother began to plead with tears in her eyes.

"야, 너 대처에 가서 무슨 짓을 했길래…… 큰돈 모았구나? 아니면 간뎅이가 부었던지. 그렇지 않고서야 무슨 수로 기집애꺼정 학교에 보내 보내길?"

이렇게 되면 두 분의 말다툼은 불에 기름을 부은 것처럼 가열됐다. 그럴 때 나는 어떡하든 할머니 역성을 들었다. 역성이라야 할머니 치마폭에 휘감겨 엄마를 노려보는 것뿐이었지만.

그러나 어느 날 일어난 작은 사건은 내가 엄마를 따라가야 한다는 걸 피할 수 없게 했다. 엄마가 시골집에 돌아온 후 내 머리를 빗기는 건 엄마의 일이었다. 나는 그것까지 마다하진 않았다. 나는 그때 댕기를 들여 머리를 한 가닥으로 의젓하게 땋아 내릴 만큼 머리가 길지 않고 또 숱도 적어서 머리를 가닥가닥 나누어 땋아 내리다가 그 끝을 모아 댕기를 드리는 종종머리라는 걸 하고 있었다. 그건 빗기기가 매우 힘들고 빗기는 솜씨에 따라 얼굴이 반듯해 보이기도 하고 비뚤어져 보이기도 했다. 내가 엄마 없는 동안 엄마 생각을 한 적이 있다면 그건 아침마다 종종머리 땋을 때였다. 할머니도 삼촌댁들도 엄마처럼 정확하게 정수리 머리를 여섯 가닥으로 반듯하게 나누어서 온종일 뛰어놀아도 잔털 하나 일지 않게 야무지고 꼼꼼하게

"Don't you realize how heartless you are? Why can't you understand that this little thing jabbering and running around is the one bright spot in our lives? You know I wouldn't hold onto her if one of your sisters-in-law was at least pregnant. The youngest will be pregnant soon, don't you think? Nobody would say anything if you took this child then."

"That won't work, Mother. This is the right time for her to go to school."

"School? You mean to send a girl to school?"

"Yes, I'm going to give her an education too."

"What did you do in the city? You must have earned a fortune or else you lost your mind. How can you think of sending a girl to school?"

Then the argument flared up like a fire doused with oil. I tried to show that I was on Grandmother's side in any way possible, though all I could do was hide behind her skirt and glare at Mother.

Then one day something happened that made me want to go with Mother. Since she had come back, it was her job to comb my hair. This, at least, I didn't balk at. If there had been times when I missed Mother, it was in the mornings when my

땋으려면 아직아직 멀었다. 그래서 엄마가 없고부터 내 얼굴은 늘 좀 허술하고 좀 비뚤어져 보였다. 나는 삼촌댁의 체경에 이런 내 얼굴을 비춰 보면서 그게 엄마 없는 티가 아닐까 싶어 문득 심란해질 적도 있었지만 심각할 정도는 아니었다. 계집애 티보다는 선머슴 흉내를 내는 게 훨씬 더 편했기 때문에 거울 같은 걸 자주 보지 않았다.

내가 나를 데리러 온 엄마에게 적의를 품고 의식적으로 가까이 하지 않으면서도 머리 빗을 때만은 기꺼이 엄마의 손에 나를 내맡겼던 것도 이왕이면 예쁘게 빗고 싶다는 계집애다운 소망하곤 좀 다른 거였다. 엄마의 야무진 손끝을 통해 전달되는 애정 있는 성깔을 깊이 좋아하고 있기 때문이었다. 그럴 때 나는 엄마가 할머니한테 이겨서 나를 데려가게 되는 일이 그렇게 두렵지만은 않았다. 오히려 기대하는 마음도 있었다.

그러나 엄마는 어느 날 나의 이런 솔깃한 마음을 무참하게 배반했다. 엄마는 내 머리를 빗기는 척하면서 쌍동 잘라 버렸던 것이다. 그것도 목고개쯤에서가 아니라 뒤통수에서 잘라 냈으니 그 꼴도 가관이었다. 나는 시운이 벗겨진 깨진 거울 조각으로 뒤통수를 비춰 보면서 울 수도 없었다. 뒷머리가 아궁이 모양으로 패어지고 뒤통수의 맨

hair was being braided. My hair wasn't long or thick enough to gather in a single braid, so it was divided into several parts and plaited separately, each end tied with a ribbon. It was hard to make it look pretty. Depending on how my hair was braided, my face looked normal or strange. Grandmother and my aunts had a long way to go before they could do it as precisely as Mother. Mother expertly divided my hair into six even portions from the top, braiding it so tightly that even after a long day of rough play not a strand was sticking out.

Since Mother had been away, my face had looked rather lopsided and plain. I felt sorry for myself, looking into my Aunt's small mirror. I felt this was the clearest sign that Mother wasn't with me. But it wasn't anything serious. Instead of always looking at mirrors like most girls, I was more comfortable playing like the boys.

When Mother came to fetch me, I kept my distance from her on purpose, but when she combed my hair, I willingly surrendered. Not because of a girlish desire to have pretty hair but because I savored the tough love communicated by her firm hands. In those moments, I wasn't too afraid of her having her way and taking me to

살이 허옇게 드러나 있었다. 치욕이었다. 우선 이 모양으로 엄마는 내 기 먼저 죽여 놓고 나서 꼼꼼하게 뒷손질을 시작했다. 뒷손질을 해 봤댔자였다. 옆머리도 뒤통수까지 올라간 뒷머리에 맞춰 귀가 나오게 자르고 앞머리는 이마로 빗어 내려 가리마 없이 일직선으로 잘랐다. 그러면서 엄마는 내 귓전에다 대고 연방 속삭였다.

"좀 좋으냐, 가뜬하고, 보기 좋고, 빗기 좋고, 감기 좋고…… 머리 꼬랑이 땋은 채 서울 가 봐라. 서울 아이들이 시골뜨기라고 놀려. 학교도 아마 못 갈걸. 서울 아이들은 다 이렇게 단발머리 하고 가방 메고 학교 다닌단다. 너도 서울 가서 학교 가야 돼. 학교 나와서 신여성이 돼야 해. 알았지?"

신여성이 뭔지 알 까닭이 없었다. 그러나 오빠가 성공해야 한다는 것과 비슷한 엄마가 대처와 공모해서 나에게 씌운 올가미라는 것만은 분명했다. 나는 왠지 발버둥질 치며 마다하지를 못했다. 체경에 비친 나의 단발머리는 참으로 꼴불견이었다. 그러나 그건 이미 대처의 낙인이었다. 그 꼴을 하고 그곳에 남아 있어 봤댔자였다.

나의 기가 꺾이는 것과 동시에 할머니의 기도 꺾였다. 할머니는 엄마에게 주어 보낼 걸 이것저것 챙기기 시작했

Seoul. I even looked forward to it.

Then one day Mother betrayed me mercilessly. She chopped off my hair while pretending to comb it. She didn't cut it at the nape of my neck, either, but right at the middle of my head. It looked so hideous that I couldn't even whimper as I stared into a broken mirror. The back of my head looked like a furnace, the flesh exposed. It was a dreadful shame. After she broke my spirit this way, she started trimming my hair meticulously. What was point of trimming it now? She'd cut the sides to the same length as the back, exposing my ears. She'd also cut the front of my hair into bangs. While trimming, she kept whispering, "You look great! Neat, pretty, easy to comb, easy to wash. If you go to Seoul wearing your braids, the children there will laugh at you. I bet you couldn't even go to school. The children in Seoul go to school with their hair short like this, and with a school bag on their back. You will go to school in Seoul, too. You will become a New Woman when you finish school. Do you know what I mean?"

I had no idea what a New Woman was, but I was sure it was something like Brother's anticipated success, a noose being tightened around my neck

다. 오빠하고 처음으로 집 떠날 때보다 엄마는 오히려 후한 대접을 받고 있었다. 사랑으로 할아버지께 하직 인사를 드리러 들어갔을 때도 할아버지는 내 단발머리를 흘긋 보시자마자 벌레 씹은 얼굴로 외면하셨지만 오십 전짜리 은전을 한 푼 주셨고 엄마에게도 따로 꼬깃꼬깃한 종이돈을 손수 펴 가며 다섯 장이나 세어서 주셨다. 그리고 기차 정거장까지 나를 업어다 주라고 할머니한테 분부를 내리셨다. 할머니도 그러잖아도 그럴 참이었다고 하시면서 조그만 소리로 저 양반이 다 죽었군, 죽었어, 하고 중얼거리셨다.

할머니는 할아버지의 분부를 무시하고 나를 걸리는 대신 큰 임을 이셨다. 엄마에겐 더 큰 임을 이게 하시고 뭘 좀 더 보태 주지 못해 아쉬워하셨다. 오빠를 떠나보낼 때보다 많이 다투셨음에도 불구하고 두 분의 의는 좋아 보였다. 할머니는 이제 손자를 대처로 보내는 일을 체념하는 걸 지나 어떤 기대에 부풀어 있다는 걸 알 수가 있었다.

그러나 농바위 고개에서 내가 엄마를 뿌리치고 할머니 치마폭에 감겨들게 되자 두 분의 사이는 다시 경직됐다. 할머니도 엄마도 서로 질세라 서슬이 퍼래지는 걸 보며 나는 내 뜻이 두 분에게 충분히 전달됐다고 생각했다. 할

by Mother and the city conspiring together. The short hair reflected in the mirror was ugly beyond description, but it was the mark of the city. For some reason, I couldn't express my anger. What was the point of staying in our hometown with my hair chopped off? Just as I lost heart, Grandmother became dispirited. She began to pack things she wanted to send with Mother. Mother was being treated better than when she had left with Brother.

When we went to say goodbye to Grandfather, he suddenly grimaced when he saw my new hairstyle, as if he'd accidentally bitten down on an insect Nevertheless, he gave me a 50-*chŏn* silver coin and handed five bills to Mother, counting and smoothing the crumpled money. He also ordered Grandmother to carry me on her back to the train station. She replied that she was planning to do just that and then muttered under her breath, "He's practically dead, he's practically dead."

Grandmother ignored Grandfather's command. Instead, she carried a large bundle on her head and made me walk. She gave Mother an even larger parcel to carry. Still, she fussed because she couldn't give us more. Even though they had fought more than when Brother had left, they seemed to be on

머니가 조금만 내 편을 들어주면 나는 절대로 할머니 치마꼬리를 안 놓칠 작정이었다. 내가 처음 보는 송도는 아름다웠다. 아마 서울은 더 아름다우리라. 그러나 대처는 올가미를 가지고 있었다. 나는 나를 무엇인가로 만들려는 올가미가 무서웠다. 엄마가 바라는 신여성 같은 건 되기 싫었다.

"쉬었다 가자."

할머니가 말씀하셨다. 할머니의 목소리엔 찬바람이 돌았다.

"네, 어머님."

엄마의 목소리도 지지 않게 영악스러웠다. 두 분이 또 한바탕 나를 가운데 놓고 싸울 모양이었다.

농바위 고개의 내리막길 중간엔 장롱같이 생긴 큰 바위들이 여러 개 서 있기도 하고 누워 있기도 한 곳이 있었다. 농바위 고개 이름도 그 바위들에 연유한 이름이었다. 그 장롱 같은 바위들 사이엔 시원한 샘물도 있어서 먼 길 걸어서 송도에 당도한 장꾼이나 나그네가 송도를 굽어보며 다리도 쉬고 목도 축이기에 알맞게 돼 있다.

할머니가 먼저 그중 안반같이 생긴 바위에 짐을 내려놓으셨다. 엄마도 할머니가 하시는 대로 했다. 두 분의 기

good terms. Already Grandmother seemed resigned about her grandchildren leaving home, and appeared to entertain certain hopes for us.

When I shook off Mother's hand at Wardrobe Rocks Hill, the mood between Grandmother and Mother grew tense. Since the atmosphere was chilly, I thought I'd make my wishes clear. I had no intention of letting go of Grandmother's skirt if she'd just side with me a little.

Yet the Songdo I saw for the first time was beautiful. Surely Seoul would be even more beautiful. But I knew that cities held nooses. I was afraid of the noose that would try to make me somebody else. I didn't want to be the New Woman of Mother's dreams.

"Let's rest," said Grandmother in a frosty voice.

"Yes, Mother." Mother's voice was no less ferocious.

I sensed an argument brewing between them. Halfway down the hill there was an outcropping of gigantic rocks. Some looked like they were standing up, and others like they were lying down. That's why it was called Wardrobe Rocks Hill. A cool stream flowed among the rocks. When merchants and travelers approached Songdo after a long walk,

색은 싸늘하고 험악했다. 나는 곧 큰 말다툼이 붙을 걸 예상하고 할머니의 치마꼬리를 더욱 꼭 움켜잡았다. 그러나 할머니는 별안간 폭풍 같은 바람을 일으키며 나를 당신의 치마폭에서 떼어내셨다. 그리고 곧 믿을 수 없는 일이 일어났다. 할머니는 나를 반짝 들어 올리더니 안반 같은 바위 위에다 엎어 놓고 치마를 추켜올리고 엉덩이를 깠다. 그때 나는 치마 속에 쉽게 엉덩이를 깔 수 있는 풍채바지를 입고 있었다. 할머니는 떡치듯이 철썩철썩 내 볼기를 치시기 시작했다. 그렇게 모진 매는 처음이다 싶게 사정을 두지 않는 사매질이 계속했다. 나는 엄마, 엄마, 하고 엄마한테 구원을 청하며 서럽게 울었다. 그러나 엄마는 귀먹은 사람처럼 못들은 체 하염없이 송도를 굽어보며 서 있었다.

"이 웬수야, 이 웬수야, 할미 속 좀 작작 썩여라. 이 웬수야."

할머니는 볼기를 치면서 연방 이렇게 외쳤고 그런 외침은 차츰 울부짖음으로 변했다.

"이제 그만해 두세요, 어머님."

엄마가 조용하면서 속에서 은은하게 끓어오르는 것 같은 목소리로 말했다. 할머니의 매질은 그쳤다. 나는 엉금

it was the perfect spot to rest and quench their thirst.

Grandmother put her bundle down on top of a smooth rock. Mother followed suit. The mood was still chilly and hostile. I held onto Grandmother's skirt even more tightly. However, she tore me away like a storm and did something unimaginable. She hoisted me up and then put me down on the rock, on my stomach. She lifted my skirt and pulled down my long baggy underpants with folded slits. She started spanking me, as if pounding rice to make sticky cake. She was merciless. I'd never been beaten like that before. Finally, I sobbed, calling out, "Mother, Mother." But Mother was oblivious as if she were deaf, steadily looking down at Songdo.

"Bad girl! Bad girl! Don't make me so sad," Grandmother cried out as she spanked me, her voice cracking.

"Mother, that's enough." Mother's voice was quiet but seething with emotion.

Grandmother stopped spanking me. I crawled away, covering up my bottom. Her eyes were as red as the inside of a pomegranate.

"Grandmother, you have pink eye again," I shouted, using this as my last hope of rescue.

엉금 기면서 엉덩이를 여미고 일어났다. 할머니의 눈이 석류 속처럼 충혈돼 있었다.

"할머니, 또 안질 걸렸잖아?"

할머니의 충혈된 눈에 나는 마지막 구원의 가망을 걸고 이렇게 울부짖었다.

"그런갑다."

할머니가 무명 수건으로 눈두덩을 누르면서 무뚝뚝하게 말했다.

"나 없으면 누가 거머리를 잡아와?"

할머니는 자주 안질을 앓았다. 눈곱은 안 끼고 눈만 새빨갛게 충혈되는 안질을 사람들은 궂은 피 때문에 생긴 풍이라고 말했고 그런 풍에는 굶주린 거머리를 잡아다가 흠빡 궂은 피를 빨리는 게 즉효라는 게 그 시절의 그 고장의 민간요법이었다. 대야를 갖고 다니면서 논이나 미나리 밭에서 거머리를 잡아오는 건 나의 일이었다. 할머니는 눈꺼풀을 뒤집고 거기다 거머리를 붙이셨다. 실컷 피를 빨아먹은 거머리는 굼벵이처럼 몸이 굵고 굼떠지면서 저절로 그곳에서 떨어졌다. 할머니는 아이 시원해, 아이 거뜬해, 하면서 할머니를 위해 거머리를 잡아온 나의 공로를 칭찬하셨다. 그러나 즉석에서 총기 있게 그 일을 할머

"Yes, I guess so," she answered flatly, pressing a cotton towel against her eyes.

"Who's going to catch leeches if I'm not with you?" I pleaded with her.

Grandmother often suffered from eye trouble. People said that a pink eye without any discharge meant a slight stroke from dirty blood and that the best remedy was to catch a hungry leech and let it suck out the dirty blood. That was the folk medicine in our region at the time. It had been my job to go out to rice paddies or wet watercress fields with a washbasin and catch leeches for her. Grandmother would flip her eyelid inside out and put the leech there. The body of the insect, having sucked enough blood, would swell and grow sluggish before dropping off. Grandmother always praised my contribution. "I feel better. I feel much better."

Despite the clever and timely mention of my job, she wasn't swayed.

"You're a good granddaughter, aren't you? You do think about your grandmother, don't you? Now let me have something better from such a good granddaughter. In Seoul, you'll buy me some new Western medicine. Why would I want to be sucked by leeches?" Grandmother smiled oddly.

니에게 상기시켰음에도 불구하고 할머니를 내 편으로 만드는 데 아무런 도움도 되지 못했다. 할머니는 희미하게 웃으시면서 말씀하셨다.

"아이고 신통한 내 새끼, 할미 생각 끔찍이 하네. 할미도 이제 효녀 손주딸 둔 덕 좀 보세. 이제 서울 가면 신식 양약을 사 올 텐데 뭣하러 그까짓 거머리한테 뜯겨?"

그때 할머니의 웃음은 뭔가 아뜩했다. 엄마도 부랴부랴 할머니의 말씀에 동의했다.

"그래요, 어머님. 대학목약이라는 안질약이 아주 신통하다더군요. 아이들 방학해서 내려올 때 꼭 사 올게요."

우리 세 사람은 다시 걷기 시작했다. 할머니는 숫제 내 손을 잡지 않고 옥양목 치맛자락을 펄럭이며 한발 앞서가기 시작하셨다. 우리 세 사람은 대처의 가변두리로부터 한가운데를 향해 서서히 다가가고 있었다. 다가갈수록 대처의 빛은 시들고 질서만이 눈에 띄었다. 한길도 골목도 가게도 집도 자를 대고 그어 놓은 것처럼 정확하게 모여 있었다.

"한눈 좀 그만 팔고, 기차 시간 늦겠다. 이제 곧 서울 구경도 할 애가 이까짓 송도에서 벌써 얼이 빠져 버리면 어떡해."

Mother quickly agreed. “Yes, Mother. I heard that University Eye Drops are good for eye trouble. When we come back during the children’s vacation, we’ll bring you some.”

The three of us started walking again. Grandmother didn’t even hold my hand. She walked in front of us, her stiff cotton skirt fluttering. We marched into the city center from the periphery. As we approached, the glittering faded and all I saw was urban order. Roads, alleys, stores, and houses were lined up straight as if drawn with a ruler.

“Don’t look around so much. We’ll miss the train. You’re going to see Seoul, and here you are, already dazed by this small city,” Mother said, roughly pulling my arm.

“Leave the child alone. Seoul isn’t the only city. She’s never seen Songdo.” Grandmother sided with me.

“She’s acting like a country bumpkin, all distracted.”

“You’re so impatient, like you expect to get boiled rice water from a well. Does she live in Seoul already?”

Embarrassed, Mother fell silent. Now I felt distanced from both of them for the first time in my

엄마가 나를 마구 잡아끌었다.

"내버려 둬라. 서울 구경만 제일인감. 송도도 처음 와 보는 애란 생각을 해야지."

할머니가 내 역성을 드셨다.

"야아가 얼이 쑥 빠져갔고 꼭 시골뜨기처럼 구니까 그렇죠."

"급하긴. 우물에 가서 숭늉 달랠라. 갸아가 그럼 벌써 서울뜨기냐?"

할머니는 엄마에게 무안을 주셨다. 엄마는 잠자코 있었다. 그러나 나는 처음으로 두 분에게 골고루 어떤 거리감을 느끼고 있었다. 그것은 고독감이라고 해도 좋았다. 난 엄마나 할머니가 생각하고 있는 것처럼 대처의 변화에 얼이 빠져 있는 게 아니었다. 하나같이 옷 잘 입은 사람들, 심심찮게 눈에 띄는 양복쟁이들, 번들대는 기와지붕, 네모나고 유리창이 달린 이층집들, 흙이 안 보이는 신작로, 가게마다 즐비한 울긋불긋하고 신기한 물건들, 시끌시끌하면서 활기찬 소음…… 이런 대처의 변화가 맹종하고 있는 질서가 나를 주눅 들게 했다. 그거야말로 참으로 낯선 거였다. 대처 사람이 된다는 건 바로 그런 질서에 길들여지는 거라는 걸 나는 누가 가르쳐 주기 전에 본능처럼 냄

life, a feeling that could be called loneliness. I wasn't mesmerized by the city because it was so different, as they believed. I felt out of place because of the city's organization and richness. Everyone in good clothes, some even decked out in Western suits, shiny roof tiles, rectangular two-story houses with glass windows, paved roads with no dirt, colorful, unfamiliar objects in stores, loud and lively noises...

Before anybody explained it to me in so many words, my instincts told me that becoming a "city person" meant being tamed into orderliness. The wildness in me, free to roam for so long, was losing its nerve.

Mother began to tell me that Songdo was only a small town and couldn't be compared with Seoul. I started whimpering that my legs hurt. Mother bragged about Seoul again. In Seoul, people went wherever they wanted to go, sitting down the whole time in things called streetcars.

Songdo Station was the biggest building I'd seen in the city. I was trembling all over, just looking at the dome, the red bricks, the high ceilings, the rails stretching to unknown places, the overpass suspended in the air, and the stairs where everyone

새 맡고 있었다. 오래 방목된 야성이 내 속에서 벌써 주눅이 드는 걸 느꼈다.

엄마는 이까짓 송도는 서울에다는 댈 것도 못 되는 작은 고장이라고 말하기 시작했다. 나는 다리가 아프다고 칭얼댔다. 엄마는 서울 같으면 전차라는 걸 타고 어디든지 가고 싶은 데를 앉아서 저절로 갈 수 있을 텐데, 하고 또 서울 칭송을 했다.

개성역은 내가 송도 네거리에서 구경한 어떤 집보다도 컸다. 둥근 지붕과 붉은 벽돌과 높은 천정과 미지의 고장으로 뻗은 철길과 공중에 떠 있는 구름다리와 걷는 사람은 없이 뛰는 사람만 있는 층층다리를 바라보면서 나는 온몸이 오싹오싹 하는 전율을 느꼈다. 엄마는 또 나에게 충격을 주는 것에 대해선 말하지 않고 딴청만 부렸다. 개성역은 경성역을 흉내 내서 비슷하게 만든 것이지만 정작 경성에다 대면 소꿉장난 같다는 거였다.

엄마는 표를 사러 가고 나는 할머니와 긴 의자에 앉았다. 농바위 고개에서 볼기 맞고 나서 나하고 할머니 사이는 죽 서먹했다. 할머니는 보따리 귀퉁이에 손을 넣으시더니 조찰떡을 꺼내서 먹으라고 하셨다. 나는 헛헛해서 매점 유리창 속에 고운 종이에 싼 먹을 것을 바라보며 군

was running instead of walking.

Mother didn't say anything about the objects I was looking at in awe, but she disparaged Songdo Station as a crude copy of Seoul Station, mere child's play. Mother went to buy tickets and I sat down on a bench with Grandmother. Things had been awkward between us ever since the smacking she gave me at Wardrobe Rocks Hill. She worked her hand into her bundle through one of the corners and took out a sticky millet cake. She offered it to me. I was hungry, swallowing the saliva pooling in my mouth, coveting the snacks in colorful wrappers displayed in the window of the store inside the station, but I didn't want her cake.

I shook my head vigorously. I was ashamed both of sticky millet cakes with red bean filling, fashioned like uneven large sweet potatoes, and of Grandmother's rough, rake-like hands.

"Poor baby, are you still mad? Grandmother didn't mean it." She pulled me closer, hoisted me onto her lap, and pulled up my skirt. I kicked and struggled with all my might. She began to stroke my bottom.

"Oh, my poor, poor baby. Look at the blisters. What a harsh hand that witch has! Grandmother's hand is a healing hand. I'll rub it for you."

침을 삼켰지만 그것을 받아먹긴 싫었다. 나는 속에 팥을 넣고 큰 고구마처럼 아무렇게나 뭉친 조찰떡과 할머니의 갈퀴같이 모진 손이 함께 싫고 창피해서 세차게 도리머리를 흔들었다.

"새끼도, 여적 화가 안 풀렸담. 할미가 우정 그런 것도 모르고……."

할머니가 와락 나를 끌어당기시더니 당신 무릎에 엎어 놓고 또 엉덩이를 깠다. 나는 발버둥질을 쳤다. 할머니는 내 엉덩이를 썩썩 쓸면서 중얼거리셨다.

"아이고 내 새끼 볼기짝 부르튼 것 좀 보게. 어떤 년인지 손끝 한번 모질기도 해라. 할미 손은 약손이다. 쓱쓱 쓸어 주마. 할미 손은 약손이다. 쓱쓱 쓸어 주마. 에구 어떤 년인지 손끝 한번 모질기도 해라."

엄마가 표를 두 장 사다가 한 장은 할머니한테 드렸지만 할머니 표는 서울까지 갈 수 있는 표가 아니라 기차 속까지만 배웅할 수 있는 표라고 했다.

"기찻간꺼정만 늙은이가 제 발로 걸어가겠대는데도 돈을 달래. 시상에 대처 사람들 상종 못 할 것……."

할머니가 옆의 사람들까지 깜짝 놀라게 큰소리를 지르셨다.

Mother returned with two tickets and gave one to Grandmother. Grandmother's ticket wasn't for Seoul, but just for going to the train to say goodbye.

"Who are these city people, asking for money when an old woman walks to the train on her own two feet? They are undeserving of our company," Grandmother blurted out in a surprisingly loud voice.

People turned to stare at us.

"No one asked. I bought it myself. It's not expensive."

Grandmother and Mother lined up at the gate, large bundles on their heads. After our tickets were punched, we ran through the overpass along with other passengers, got on the train, and found a place to sit. It all seemed to happen in a flash. Mother lifted our bundles onto the overhead rack and let me sit by the window. Grandmother stood outside. If there had been no window, we could have touched each other, but she seemed to be standing so far away.

I had been really close to Grandmother. This was the first time I had ever looked at her from a distance. The distance I felt, however, probably came from my awareness of being separated from

"달래긴 누가 달래요. 제가 샀죠. 그건 얼마 안 돼요. 싸요."

할머니와 엄마는 다시 큰 짐을 이고 줄을 섰다. 개찰하고 구름다리 건너고 기차타고 자리잡고 할 동안을 우리 세 사람은 남들이 하는 대로 그저 겅정겅정 뛰기만 했기 때문에 순식간이었다. 엄마는 보따리는 다 시렁에다 얹고 나를 유리창 가에 앉게 했다. 어느새 할머니가 유리창 밖에 서 계셨다. 유리창만 없다면 손 내밀면 잡을 수 있을 만큼 가까운 곳인데도 할머니는 막막하게 먼 곳에 서 계신 것처럼 보였다. 나는 할머니와 친했었다. 나로부터 그렇게 떼어 놓고 바라보긴 처음이었다. 막막한 느낌은 사이에 있는 실제의 거리보다는 떨어져 나왔다는 자각으로부터 오는 건지도 몰랐다. 기차는 오랫동안 떠나지 않고 서 있었다. 할머니도 유리창 밖에 서 계시기 때문에 그동안은 몹시 지루하고 불편했다.

기차가 움직이기 시작했다. 창밖에 전송객들도 따라 움직였지만 할머니는 그냥 서 계셨기 때문에 곧 보이지 않게 됐다. 나는 휴우 하고 안도의 한숨을 쉬고 나서 엉덩이를 들까불러서 의자의 신기한 탄력을 시험해 보기도 하고 한 손으로 등받이를 만져 보고 쓸어 보기도 했다.

her. The train stood still for a long time. With Grandmother standing outside, the time seemed to drag and I fidgeted. Finally, the train started to move. Those sending off their loved ones walked alongside the train as it pulled out of the station, but Grandmother stood still and soon she was out of sight.

I breathed a sigh of relief. I bounced on the marvelous cushioned seat and stroked its back. It was as green as a barley field in early spring and as soft as the fluff of a baby chick.

Whenever the train stopped at a station, Mother drew my hand close and made me count how many stations were left until Seoul. This was easy because there were ten stations between Songdo and Seoul. The closer we got to Seoul, the greater my respect grew for Mother. She might as well have been the owner of a big palace called Seoul.

Mother whispered in my ear about the New Woman I was destined to become in Seoul.

"What's a New Woman?" I finally asked.

"You can't become a New Woman just by living in Seoul. You have to study a lot. When you become one, you won't wear a bun at the back of your head like me, but you'll have a fashionable *hisashigami*

그것도 이른 봄의 보리밭처럼 푸르렀고, 병아리의 솜털처럼 부드러웠다.

기차가 정거를 할 때마다 엄마는 내 손을 끌어다가 서울까지 몇 정거장 남았나를 꼽게 했다. 개성역에서 경성역까지는 정거장이 열 개 있었기 때문에 손가락으로 꼽기에 편했다. 서울이 가까워질수록 나는 엄마가 서울이라는 거대한 대궐의 안주인처럼 우러러뵈었다.

엄마는 또 내 귓가에 소근소근 내가 서울 가서 앞으로 되어야 하는 신여성에 대해 얘기해 주기도 했다.

"신여성이 뭔데?"

"신여성은 서울만 산다고 되는 게 아니라 공부를 많이 해야 되는 거란다. 신여성이 되면 머리도 엄마처럼 이렇게 쪽을 찌는 대신 히사시까미로 빗어야 하고, 옷도 종아리가 나오는 까만 통치마를 입고 뾰죽구두 신고 한도바꾸 들고 다닌단다."

내가 히사시까미, 한도바꾸에 전혀 무지하다는 걸 아는 엄마는 기찻간을 한번 골고루 휘둘러보고 나서 저기 저 여자의 머리가 히사시까미, 조기 조 여자가 무릎 위에 놓고 있는 게 한도바꾸 하는 식으로 실물을 견학까지 시켜 가며 열성스럽게 신여성이 뭔가를 나에게 주입시키려고

hairstyle. You'll wear a black skirt that doesn't have an opening at the back and that shows your legs, unlike the traditional long skirt, and high-heeled shoes, and you'll carry a handbag."

She knew I didn't know anything about Japanese-style hairstyles or handbags, so she glanced around to point out some examples. *That woman's hair is done in a hisashigami style. The thing on that woman's lap is called a handbag.* She was passionate about teaching me what a New Woman was.

Strangely enough, no woman on that train satisfied all the requirements of a New Woman. It wasn't hard to imagine someone who had all the qualifications, though. I was disappointed in what Mother expected of me. I didn't want to grow up to be a New Woman. I wanted to drape a gold-stamped scarlet ribbon around my long, long braided hair and I wanted a long Korean skirt in the same color, so long that only the tips of my white stockings would show. And I wanted a yellow blouse with a purple breast tie. Also, a pair of colorful shoes. At that stage of life I was fascinated by colors. I didn't care for becoming a New Woman, dressed in a black skirt and black shoes, and carrying a black handbag.

했다. 이상하게도 그 기찻간에 한몸에 그 여러 가지 신여성의 구색을 갖춘 여자가 없었다. 그러나 그 여러 가지 구색을 갖춘 신여성이라는 걸 상상하긴 어렵지 않았다. 나는 엄마가 나에게 바라는 것에 실망했다. 내가 되고 싶은 건 그런 게 아니었다. 나는 긴 머리꼬리에 금박을 한 다홍댕기를 드리고 싶었고 같은 빛깔의 꼬리치마를 버선코가 보일락 말락 하게 길게 입고 그 위에 자주고름이 달린 노랑 저고리를 받쳐 입고 꽃신을 신고 싶었다. 나는 한창 고운 물색에 현혹돼 있었기 때문에 신여성의 구색인 검정 치마, 검정 구두, 검정 한도바꾸가 도시 마음에 들지 않았다.

"신여성은 뭐 하는 건데?"

나는 내가 고운 물색으로 차려 입고 꼭 하고 싶은 게 널이나 그네뛰기였기 때문에 이렇게 물었다. 엄마는 얼른 대답하지 않았다. 엄마의 얼굴은 몹시 난처해 보였다. 어른들은 가끔 그런 얼굴을 잘 했다. 아픈데도 안 아픈 척할 때라든가, 슬픈데도 안 슬픈 척할 때 어른들은 그런 얼굴을 한다는 걸 나는 알고 있었다. 나는 엄마가 모르면서도 알은체하려 하고 있다고 짐작하고 생글거리면서 쳐다보고 있었다. 엄마는 더듬거리면서 말했다.

"신여성이란 공부를 많이 해서 이 세상의 이치에 대해

“What does a New Woman do?” I asked, because what I really wanted to do in that vivid outfit was to go on a swing or jump on a board with friends. Mother didn’t have a ready answer. She looked baffled. Adults often had such an expression. I knew they looked like that when pretending not to be sick or sad. I looked up at her with a grin on my face, understanding that Mother was pretending to know something she didn’t.

She hesitated and stammered, “A New Woman is someone who has studied so much that she knows everything about the ways of the world, and she can do anything she wants to.”

I was more disappointed this time than when imagining what such a woman looked like. I learned, for the first time, that a New Woman did such insignificant things. I didn’t have the courage to say that I wanted to have nothing to do with this New Woman. The train headed toward Seoul at a terrible speed.

It was dusk when we got off at Seoul Station. It was indeed immense, too immense for me to take in the entire scene. I was only concerned about losing sight of Mother in the biggest herd of people I’d ever seen. Mother couldn’t hold my hand

모르는 게 없고 마음먹은 건 뭐든지 마음대로 할 수 있는 여자란다."

잔뜩 기대하고 있던 나는 신여성의 겉모양을 그려 보았을 때보다도 더 크게 실망했다. 신여성이 그렇게 시시한 걸 하는 건 줄 처음 알았다. 그러나 그걸 안 하겠다고 할 용기는 나지 않았다. 기차는 칙칙폭폭 무서운 속도로 서울을 향해 달리고 있었다.

어둑해질 무렵 경성역에 내렸다. 경성역은 아닌 게 아니라 컸다. 컸기 때문에 도리어 전모를 파악할 엄두가 나지 않았다. 생전 처음 보는 인파에 휩쓸리면서 엄마를 놓칠까 봐 조마조마하는 게 고작이었다. 엄마는 할머니가 여다 준 짐까지 합해서 세 개나 되는 보따리를 이고 들고 구름다리를 오르내리느라 내 손을 잡아 줄 수 없었다. 치마꼬리에 매달리는 것도 싫어했다.

정신없이 밖으로 빠져 나오자 지게꾼이 우루루 몰려왔다. 어떤 지게꾼은 엄마한테서 막 짐을 뺏으려고 했다. 엄마는 집이 바로 조오기라고 턱으로 길 건너를 가리키면서 지게꾼을 뿌리치고 빠른 걸음으로 그들의 포위를 뚫었다. 나는 나까지도 엄마의 뿌리침을 당하는 것 같아 악착같이 엄마의 다리에 휘감겼다. 지게꾼들도 만만치는 않아 쉽게

because she had to carry three bundles, including the one that Grandmother had carried, on her head and in her arms. She didn't like me clinging to her skirt while we climbed up and down the overpasses.

When we were finally pushed out of the building, confused, several porters rushed to us. Some attempted to place Mother's bundles on their back carriers. Mother said that her house was just over there, indicating the other side of the street with her chin. She shook everyone off and quickly walked away. I held onto her legs tightly because I felt she was pushing even me away.

The porters didn't give up easily. They followed us. Mother slowed down, hesitated, and began to negotiate with them as if she couldn't stand their insistence any longer.

"How much will you charge to Hyŏnjŏ-dong?"

"What? You said just over there. How can you say the top of Hyŏnjŏ-dong is just over there?"

I didn't miss the derision on the face of the rough porter. Suddenly, Mother looked very small and shabby in the urban crowd. Her hair, which used to be drawn back into a neat bun and smoothed down with a touch of camellia oil, was now disheveled,

물러나지 않고 줄줄 따라오고 있었다.

엄마는 걸음을 조금씩 더디게 걸으면서 망설이는 눈치더니 못 이기는 체 홍정을 시작했다.

"현저동까지 얼마에 갈 테유?"

"마님도, 조오기라시더니 현저동 꼭대기가 조오기라굽쇼?"

나는 험악하게 생긴 지게꾼의 얼굴에 경멸이 스치는 걸 놓치지 않았다. 도시의 집단 속에서 엄마는 작고 초라해 보였다. 동백기름을 발라 늘 곱게 빗어 쪽 지던 머리가 힘겨운 짐을 이었다 내렸다 하는 새에 헝클어지고 곤두선 것도 보기 싫었다. 나는 이유가 분명치 않은 슬픔이 복받치는 걸 느꼈지만 울음을 터뜨리진 않았다.

엄마와 지게꾼은 지게삯을 놓고 한동안 실랑이를 벌였다. 지게꾼은 그 상상꼭대기라고 했고, 엄마는 높기는 좀 높지만 상상꼭대기까진 아니라고 했다. 도대체 그 동네가 어떤 동네길래 그러는지 엄마를 따라오던 지게꾼들은 다 슬금슬금 흩어지고 제일 늙수그레한 이 혼자만 남았다. 엄마는 그 늙은 지게꾼과 홍정이 끝나 짐을 올려놓으면서도 생색을 냈다.

"내가 노인 대접을 해서 져 주는 거요."

with loose strands, because she had repeatedly picked the bundles up and put them down. A nameless sadness surged up inside me, but I managed not to burst out crying.

Mother and the porter haggled over the fee. He claimed that the destination was the "peak of the mountain" and Mother retorted that it was high but couldn't be called the "mountain peak." I wondered how high it was, because the other porters trailing us at some distance dropped off one by one, and only the oldest-looking one was left. Even as she hoisted her bundles onto his back carrier, Mother acted as if she were being generous.

"I'm giving the bundles to you, in consideration of your age."

"If I made even one trip today," retorted the man, "I wouldn't be going up to that mountain peak for a thousand *wŏn.*"

"*Insolent old man!*" Mother muttered to herself "*every other word he utters is 'mountain peak.'*"

The porter had piled up all three bundles on his back carrier. He galloped ahead, only his head and legs visible from behind.

I was relieved that the bargaining was finally over. I was able to hold Mother's hand. We ran after him,

“저도 마수걸이만 했어도 그 상상꼭대기 천금을 줘도 안 갑니다요.”

말끝마다 꼬박꼬박 상상꼭대기라네, 되지 못한 늙은이 같으니라구. 엄마는 포개 놓은 세 개의 짐에 머리끝까지 가려서 경정경정 뛰다시피 하는 두 다리만 뵈는 지게꾼을 향해 조그만 소리로 그렇게 중얼거렸다. 그러나 홍정이 그렇게 끝난 건 나한테는 매우 다행한 일이었다. 나는 마음 놓고 엄마의 손을 잡을 수가 있었다. 우리는 지게꾼을 따라 경정경정 뛰다시피 했지만 지게꾼은 줄창 저만큼 앞서가고 있었다.

“엄마 전찬 어디 있어?”

엄마는 이마에다 더듬이 같은 걸 달고 철길을 달리고 있는 걸 말없이 손가락질했다. 그건 끝 간 데 없이 서리서리 길고 시꺼멓던 기차에 비해 상자갑처럼 만만해 보였다. 기차가 구렁이라면 전차는 배추벌레였다. 전차 속에서 아이들이 밖을 내다보며 웃고 있었다. 엄마는 전차에 대한 관심을 딴 데로 끌 속셈이 들여다뵈는 이런 얘기 저런 얘기를 했다. 철길 없이 달리는 자동차에 대해, 사람이 끄는 인력거에 대해, 새빨간 불자동차에 대해, 엄마는 갑자기 수다스러워지기 시작했다.

but he was always ahead of us.

"Mother, where's the streetcar?"

She pointed at the thing with an antenna attached to a wire that was running on a rail. It looked like a small box, compared with the numerous bends of the black train we'd ridden. If the train was a snake, the streetcar was a caterpillar. Smiling children were looking out of the streetcar. When Mother began to talk about all sorts of other things, I knew that she wanted to distract my attention from the streetcar. She talked about cars running without rails, rickshaws that carried people around, and red fire engines.

"Mother, my legs hurt. Let's ride a streetcar," I announced firmly and stopped walking.

"No. It's only a stone's throw away. I'll spank you if you behave as you did with Grandmother."

Her expression grew stern, but she gave a coin to a peddler baking round cakes on the sidewalk. I got two fresh hotcakes out of a tin pan. A runny flour mixture had been poured into the holes in the pan, which was larger than the traditional cookie mold at home, followed by red bean filling. The sweetness of the red bean filling caressed my tongue. It wasn't as strong as honey or the glutinous rice candies I'd known but more pleasing. I forgot all about the

"엄마, 다리 아파, 전차 타고 가."

나는 딱 걸음을 멈추면서 단호하게 말했다.

"안 된다. 엎으러지면 코 닿을 데야. 이제부터 할머니 앞에서처럼 떼쓰면 뭐든지 된다는 줄 알면 매 맞아."

엄마가 무서운 얼굴을 했다. 그리고 길가에다 화덕을 놓고 동그란 빵을 구워 내는 곳에다 동전을 한 푼 내밀었다. 시골집에 있는 다식판 구멍보다 훨씬 큰 구멍에다 묽은 밀가루 반죽을 붓고 팥속을 넣어 익힌 따끈한 빵을 두 개 받아 들었다. 팥의 감미는 혀가 녹을 것 같았다. 그건 내가 알고 있는 엿이나 꿀의 감미보다 희미한 것이었음에도 불구하고 훨씬 고혹적이었다. 나는 두 개의 국화빵에 현혹되어 전차 타고 싶은 걸 까마득히 잊어버렸다. 아껴 가며 먹었지만 순식간에 먹었고, 그 후에도 오랫동안 시골의 감미하곤 이질적인 새로운 감미에 대한 감질에서 헤어나지 못했다.

큰 한길만 따라 걷던 엄마가 전찻길이 끝나는 데서부터 골목길로 접어들었다. 그때서부터 우리가 앞장서고 지게꾼은 뒤졌다. 꼬불꼬불한 골목길은 처녑 속처럼 너절하고 복잡하고 끝이 없이 험했다. 짐을 가지고도 전차를 탈 수 있었을 텐데 못 이기는 체 지게꾼을 산 까닭을

streetcar, so absorbed was I by the two hotcakes. I tried to eat them as slowly as I could, but they were gone too fast. I couldn't forget their tantalizing, new, foreign taste.

We walked along the big road, but near the streetcar terminal, we turned off onto a small road. From then on, we walked in front, trailed by the porter. The steep winding road was as dirty, complicated, and endlessly rough as an animal's entrails. I began to see why Mother didn't take the streetcar and used the porter instead, feigning reluctance.

"You should add a tip for some rice wine," panted the porter between gasps from way behind, trying to strike a new deal.

Mother didn't answer. The steep, winding, ascending road turned into a narrower alley like an upright ladder.

"Ma'am, will you still say it's not the mountain peak?" the porter wheezed, out of breath.

It was a strange neighborhood. Houses as small as country outhouses were jammed together haphazardly, as if boxes had been tossed out. The first thing I noticed in Songdo was the density of people and the houses, but what overwhelmed me there wasn't

알 것 같았다.

"막걸리 값이나 더 얹어 주셔야겠는뎁쇼."

저만큼 뒤처진 지게꾼이 헉헉대면서 새로운 흥정을 걸어왔다. 엄마는 대답하지 않았다. 꼬불꼬불한 오르막길이 마침내 사다리를 세워 놓은 것 같은 좁다란 층층대로 변했다.

"마님, 마님, 이러구두 상상꼭대기가 아니라굽쇼?"

지게꾼이 숨이 턱에 닿아 비명을 질렀다. 이상한 동네였다. 시골집의 한데 뒷간만 한 집들이 상자갑을 쏟아 부어 놓은 것처럼 아무렇게나 밀집돼 있었다. 내가 송도라는 대처에서 최초로 목격한 것도 사람과 집들의 이런 밀집 상태였다. 그러나 나를 압도하고 주눅 들게 한 건 밀집 그 자체가 아니라 그걸 다스리는 질서였다. 질서란 밀집에 아름다움을 부여하는 그 무엇이었다. 그것이 자연 그대로의 상태에 제멋대로 방목되었던 계집애를 한눈에 주눅 들게 한 것도 사실이지만 한눈에 매혹한 것도 사실이었다.

그러나 엄마가 말없이 허위단심 기어오르고 있는 동네엔 그게 없었다. 그래서 더럽고 뒤죽박죽이었다. 길만 해도 당초에 길을 내고 집을 지었다면 그럴 리가 없었다. 집

the density itself. It was the order that controlled the city. The order gave density a beauty, overwhelming and yet fascinating to an untamed girl.

By contrast, the neighborhood Mother was climbing up in determined silence didn't have any order. It was just dirty and messy. The paths wouldn't look that way if they had been cleared before the houses were built. They were half-hearted routes, made just wide enough to fetch and carry food to stave off hunger by those who had given up improving the conditions of their tossed-out boxes. Those boxes shamelessly kept spilling out endless dirty innards and noise, and the squalid, convoluted alleys went on and on.

"Is this Seoul?" I whined.

"No." Mother replied unexpectedly, shaking her head resolutely.

I was taken aback by her denial.

"This is outside the gates of Seoul. It's not the real Seoul. We will struggle along here until your brother makes it, and then we will move inside the gates. All right?"

I nodded quickly, even though I couldn't make heads or tails of it, cowered by her vehemence.

When Mother had come to the countryside to get

이라기보다는 아무렇게나 쏟아 놓은 상자갑더미의 상태를 달리 고쳐 볼 엄두를 못 내고 체념한 주변머리 없는 사람들이 굶어 죽지 않을 만큼의 먹이를 물어 들이기 위해 가까스로 내 놓은 통로가 길이었다. 상자갑만 한 집들이 더러운 오장육부와 시끄러운 악다구니까지를 염치도 없이 꾸역꾸역 쏟아 놓아 더욱 구질구질하고 복잡한 골목이 한없이 계속됐다.

"여기가 서울이야?"

나는 힐난하는 투로 말했다.

"아니."

엄마가 뜻밖에 단호하게 머리를 흔들었다. 나에게 그건 거기가 서울이라는 것보다 훨씬 더 뜻밖이었다.

"여긴 서울에서도 문밖이란다. 서울이랄 것도 없지 뭐. 느이 오래비 성공할 때까지만 여기서 고생하면 우리도 여봐란듯이 문안에 들어가 살 수 있을 거야. 알았지."

나는 얼른 고개 먼저 끄덕였다. 엄마의 태도는 그만큼 강압적이었다. 그러나 실제로 나는 아무것도 알아들은 게 없었다. 엄마가 나를 데리러 시골에 나타났을 때 엄마의 모든 태도엔 일종의 기품 같은 게 서려 있었다. 그건 누가 보기에도 서울 가기 전의 엄마에겐 없던 새로운 거였다.

me, she exuded an air of dignity. It had been clear to everyone that she had acquired this new attitude in Seoul. This proud air excused her first escape and made it easy to lure me to Seoul.

So, that proud mother of mine lived outside the gates of Seoul. I had no idea that these areas beyond the gates were officially part of Seoul, although they were customarily referred to as "outside the gates." I took "outside the gates" literally and suddenly felt like a pauper. I hated Mother for kidnapping me with her wicked sweet talk. I began to miss everything about my country home.

My surprise turned into disbelief when I learned that we didn't own any of the shacks in the shantytown. Mother was renting a room near the gate of a thatched-roof house at the top of the hill. Until that moment, I'd neither heard of nor seen people who didn't own houses and had to rent rooms. What was more shocking, Mother fawned over even the landlord's small child. This mother of mine who could stand up to her parents-in-law, though politely!

Earlier, I had witnessed her obsequiousness when the porter demanded a tip to buy some rice wine. I thought his ploy would be futile. Mother had

그 도도한 건 바로 서울로부터 묻혀 온 거였다. 그 도도함 때문에 엄마의 일 차 출분은 별로 책잡히지 않았고 다시 나를 서울로 꾀어내는 일까지 순조로울 수가 있었다. 그런 엄마가 알고 보니 겨우 서울의 문밖에 살고 있었던 것이다. 경성부이지만 사대문 밖의 땅을 통틀어 문밖이라고 칭하는 게 그 무렵의 관용어였던 걸 알 까닭이 없는 나는 문밖을 곧이곧대로 이해하고 갑자기 거렁뱅이로 전락한 것처럼 서럽고 비참했다. 나는 못된 꼬임에 넘어가 유괴당하고 있는 걸 깨달은 것처럼 엄마가 정떨어졌고 두고 온 시골집의 모든 것이 그리웠다.

더욱 어처구니없는 것은 그 상자갑을 쏟아 놓은 것처럼 담 쌓인 집들 중의 하나나마 우리 집이 아니라는 거였다. 현저동에서도 상상꼭대기에 있는 초가집의 문간방에 엄마는 세들어 살고 있었다. 집이 없는 사람이 남의 집에 세들어 사는 생활 방식에 대해서 그전에 나는 듣도 보지도 못했었다. 더욱 놀라운 것은 하늘 같은 시부모님한테도 다소곳한 채로 또박또박 할 말을 다하던 엄마가 안집 식구라면 코흘리개까지도 두려워하고 굽실대는 것이었다.

지게꾼이 당초에 약정한 지게삯에다 막걸리값을 더 얹

already paid the agreed-upon fee and ignored his grumblings. When he raised his voice, brandishing his cane, however, Mother grew noticeably nervous. She pleaded with him to lower his voice so as not to disturb the landlord's family. He shouted some more until Mother relented and shelled out a tip. This incident opened my eyes.

Thus began my confined life in the thatched-roof house, infested with millipedes crawling out of the disheveled thatch. I wasn't allowed to venture far or laugh or talk loudly. Mother lectured me about that every morning with a stern face. Except for warning me not to wander so I wouldn't get lost, every point she hammered into me was about how to be a good tenant. Actually, I was astonished that our neighbors managed to find their way home every evening through the maze of paths. So the first point of Mother's sermon was worth listening to. I had nightmares about getting lost and would wake up in a cold sweat.

I couldn't obey all of Mother's orders, though. Don't play with the landlord's daughter, if you can help it. You can play with her if she asks you, but don't ever ask her to play. Don't fight with her. If she hits you, don't hit back, even if you didn't do

어 달랄 때만 해도 그랬다. 내가 보기엔 처음부터 그건 전혀 가망 없는 지게꾼의 일방적인 수작으로 보였다. 엄마는 짐을 부리고 삯을 치른 후 지게꾼을 거들떠도 안 봤고 중얼대는 군소리를 한마디도 귀담아 듣는 것 같지 않았다. 그러나 그가 별안간 지게작대기를 휘두르며 뭐라고 버럭 악을 쓰니까 엄마는 어쩔 줄을 모르면서 안댁에 안 들리게 조용히 하라고 애걸을 했고, 그는 옳다구나 싶어 점점 더 큰소리를 질렀고 엄마는 부랴부랴 막걸리값을 내놓았다.

그 일은 나에게도 좋은 본보기가 됐다. 오랫동안 이엉을 잇지 않아 수시로 노래기가 기어 나오는 초가집 문간방으로부터 멀리 나가지도 못하고 큰소리로 웃거나 떠들지도 못하는 생활이 시작됐다. 엄마는 아침부터 나에게 무서운 얼굴을 하고 여러 가지 잔소리를 했다.

집을 잃어버리지 않도록 멀리 가지 말라는 주의 빼고는 모두 안집하고 어떻게 지내야 한다는 셋방살이의 법도에 관해서였다. 나는 그 동네 사람들이 저녁이면 어김없이 제 집을 찾아 들어오는 능력에 대해 경탄하고 있었으므로 첫째 잔소리는 새겨들을 만했다. 그 무렵 내가 식은땀을 흘리며 꾸는 악몽도 거의가 집을 잃어버리는 꿈이었다.

anything wrong. When she plays with a toy, don't ogle it. Don't even look at her. When she eats snacks, don't look at her enviously, either.

I soon learned that I could get coins from Mother if I shocked her by doing something outrageous to our landlord's daughter. I couldn't forget the enchanting taste of the red-bean filling I'd savored on my first day in Seoul. It was different from the persistent, strong sweetness of glutinous rice candies or honey. This was a soft, pure, tongue-melting kind of taste. It was a teasing wink of the city, which captivated me at once. If not hotcakes, the corner store provided this taste of the city that I couldn't possibly resist: rock candies, peppermint candies, and caramels. I pestered Mother to get them. The self in the mirror changed into a girl with dull, cunning eyes in a sallow face.

One day I made a scene by breaking the display glass at the corner store. The store had wooden boxes with glass lids and inside were all sorts of candies and cookies. The storekeeper let us pick whatever we wanted when we handed over a one-*chŏn* coin. I wanted to taste a piece of new candy in the back of the box, so I reached out to open the back lid, while pressing my hand and stomach on

그러나 안집 애하곤 될 수 있는 대로 놀지 말아라. 걔가 먼저 놀자고 하면 놀아 주되 이쪽에서 먼저 놀자고 해선 안 된다. 안집 애하고 싸우면 안 된다. 걔가 먼저 때리면 잘못한 것 없더라도 맞고만 있어야 한다. 안집 애가 장난감을 가지고 놀 때 부러워하는 눈칠 보여선 안 된다. 쳐다보지도 말아라. 안집 애가 군것질을 할 때도 쳐다봐선 안 된다. 이런 어려운 엄마의 주문을 순순히 다 들어 줄 순 없었다.

나는 차츰 엄마 앞에서 안집 애한테 엄마가 기겁을 할 짓을 해서 엄마로부터 동전을 얻어 내는 방법을 알게 됐다. 서울 온 날 전차를 타는 대신 얻어먹은 국화빵의 달콤한 팥속 맛을 나는 결코 잊지 못했다. 그것은 엿이나 꿀의 단맛처럼 끈기 같은 게 가미된 강렬한 단맛이 아니라 부드럽고 순수하면서도 혀를 녹일 듯한 감미 그 자체였고 단 한 번에 나를 사로잡은 대처의 추파요, 대처의 사탕발림이었다. 일 전짜리 동전은 당장에 그 달콤한 것과 바뀌었다. 국화빵이 아니더라도 알사탕이나 박하사탕 캐러멜 등 구멍가게에서 살 수 있는 모든 것에도 나를 못 견디게 현혹시킨 도시의 감미가 들어 있었다.

이렇게 한동안 나는 군것질에 눈이 뒤집히다시피 해서

the front lid. The front glass shattered to pieces. Scared, I started crying.

The owner, shocked, rushed to me and examined my hands. He scolded me for making a fuss when I hadn't been hurt. He then pulled out the candy I had wanted and let me go. I was thankful that he gave me the candy without giving me a hard time for breaking the big glass lid.

However, at home, before the flavor of the candy had completely disappeared from my tongue, I heard an argument drifting into our room. People fought frequently in our neighborhood and watching their squabbles was my second favorite pastime after eating candies. I ran out excitedly to see what was going on.

Mother, disrupted in the middle of cooking supper, was standing defiantly in front of the storeowner, holding a poker on her hip. He was presumptuously stabbing his finger at her, demanding money for the glass, and Mother was retorting that you didn't have to pay for glass you hadn't broken. Both were supremely confident; the storeowner because he knew I was Mother's daughter, and Mother because she was sure that I wasn't the kind of child who'd be silent after committing a

엄마와 자신을 들볶았다. 거울 속의 나는 하루하루 꺼칠하고 눈에 총기가 없어지고 교활해지면서 못쓰게 돼 갔다. 어느 날 나는 단골 구멍가게의 진열장 유리를 깨뜨리는 큰일을 저질렀다. 구멍가게 좌판에는 각기 종류가 다른 사탕이나 과자가 든 나무 상자에다 유리 뚜껑을 덮어 진열했었는데, 주인은 일 전짜리 손님한테는 돈만 받고 직접 집어 가게 내버려 두었다. 나는 뒤편에 있는 새로운 사탕을 맛보고 싶어 앞에 있는 유리 뚜껑을 짚고 몸을 실리면서 뒤편의 뚜껑을 열려다가 그만 쨍그렁 하면서 큰 유리를 박살을 냈다. 나는 겁이 나서 앙 하고 울음을 터뜨렸다. 깜짝 놀란 주인이 달려와서 내 손을 만져보더니 다치지도 않았는데 웬 엄살이냐고 야단을 치고 나서 내가 원하는 사탕을 손수 꺼내 주더니 어서 가라고 했다. 큰 유리를 깨뜨렸는데도 일 전을 떼어먹지 않고 사탕을 주고 야단도 많이 안 치는 아저씨가 참 고맙다고 생각됐다. 그러나 집에 와서 홀라당 먹어 치운 사탕의 단맛이 입에서 채 가시기도 전에 밖에서 왁자지껄하는 소리가 났다. 그 동네에선 싸움이 잦았고 싸움 구경은 군것질 다음으로 내가 즐기던 거였다. 나는 신바람이 나서 뛰어 나갔다.

문간에서 저녁을 짓던 엄마가 부지깽이 든 손을 허리에

wrong of that magnitude.

I felt guilty, not only because I couldn't be on Mother's side but also because I had to break her trust in me. I wished I could disappear rather than betraying her. The owner wasn't about to miss this opportunity to capture the guilty party. He grabbed me by the neck and shoved me in front of Mother.

"Who is this girl? You wouldn't deny she's yours over a few coins."

He maliciously pushed my face so close to Mother's that our cheeks almost touched, like I was looking in a mirror. Her face looked blurry but I was aware, with surging emotion, that it looked just like mine.

"Take your hands off her!" Mother's voice was overflowing with dignity. "I will send a fitter for a new lid soon."

"You should have said that from the start."

I waited for Mother's punishment for a long time, but she never mentioned the incident. She muttered to herself like a sigh, "Ahh... living among these good-for-nothings..."

Mother used the expression "good-for-nothings" at the drop of a hat. When our landlord took a concubine and had her share their bedroom with his

괴고 가겟집 주인의 버릇없는 삿대질에 오만하게 맞서고 있었다. 유리값을 물어 달라는 쪽도, 아닌 밤중의 홍두깨도 분수가 있지 깨뜨리지도 않은 유리값을 물어내라니 사람 어떻게 보고 하는 소리냐는 쪽도 우열을 가릴 수 없이 막상막하로 팽팽하게 자신만만해 보였다. 그도 그럴 것이 주인은 내가 엄마 딸이라는 걸 확실하게 알고 있었고 엄마는 내가 큰 사고를 저지르고도 아무 말도 안 할 애가 아니란 걸 믿고 있었다.

나는 내가 엄마의 편을 못 드나마 엄마의 그런 자신을 무참하게 무너뜨리는 입장이 돼야 한다는 데 심한 양심의 가책을 느꼈다. 나는 엄마의 불리한 증인이 되느니 감쪽같이 꺼져 없어질 수 있길 바랐다. 그러나 가겟집 주인이 자기에게 유리한 증인을 놓칠 리가 없었다. 나는 왁살스럽게 덜미를 잡혀 엄마의 코앞에 얼굴을 들이대야 했다.

"요 계집애가 누구요? 설마 유리 값 몇 푼 땜에 요 계집애가 당신 딸이 아니라고 우기실 심뽄 아니시겠지."

그가 짓궂게 내 얼굴을 엄마 얼굴에다 갖다 부비다시피 하고 이죽댔다. 엄마 얼굴을 그렇게 가까이서 보긴 처음이었다. 마치 거울에다 얼굴을 바싹 갖다 댔을 때처럼 나하고 똑같은 얼굴이라는 걸 뭉클하게 느낄 수 있었을 뿐

wife, Mother shuddered as she said, "good-for-nothings undeserving of our company." When she said it, she looked utterly dignified, almost regal, unlike the times when she was obsequious before the landlord's family. She had the same look when she came home to take me to the city. She was backed up by superior Seoul at the time, but now what was supporting her? Maybe she still believed in the superiority of the country home she had betrayed, the home with a backyard full of fruit trees, a middle yard with a scrub of chrysanthemums, the clean and wide thatched-roof house, the hill studded with our ancestors' graves, the fields and rice paddies, and the father-in-law who was paralyzed but learned in the old scholarship and who supervised everything.

If Mother's dignity now was based on her pride in her country background, her earlier confidence had been vanity. I thought the episode of the smashed glass had blown over, but it hadn't. A few days later, Brother told Mother that he was going to take me to the hills to play, which we had never done before.

Brother had played a lot of tricks when we lived in the country and we had been good friends. After

아무것도 보이진 않았다.

"그 애를 썩 내려놓지 못해요?"

엄마의 목소리가 오싹하도록 점잖고 위엄에 넘쳤다.

"곧 유리장이 보내서 유리를 끼워 놓도록 할 테니 썩 물러가요."

"진작 그러실 일이지."

나는 그 이후 아무리 기다려도 엄마로부터 그 일에 대해 아무런 꾸지람도 듣지 못했다. 엄마는 다만 혼잣말처럼 탄식처럼 중얼거렸을 뿐이었다.

아아, 저런 상것들하고 상종을 하며 살아야 하다니…….

엄마는 툭하면 상것들이란 말을 잘 썼다. 늙은 부모에 어린 자식이 올망졸망 딸린 안집 남자가 첩을 얻어 들여서 본처와 한방에서 기거케 하는 걸 보고도 아아 상종 못할 상것들이다, 하면서 몸서리를 쳤다. 그럴 땐 안집한테 덮어놓고 쩔쩔맬 때와는 딴판으로 엄마는 느닷없이 기품이 있어졌다. 돋보이게 귀골스러워 보이기까지 했다. 서울서 나를 데리러 시골집에 내려왔을 때도 엄마는 그랬었다. 그때 엄마는 서울이라는 대처를 후광 삼고 그럴 수 있었지만 지금의 엄마는 무얼 믿고 저렇게 도도할 수 있는

two years away in Seoul, however, he had turned into a sad, silent boy. He was taller than Mother and his shoulders were wider. He was no longer a pitiable boy who had to leave his hometown, weighed down with the responsibility, imposed by others, of growing up and making it in the city to become the family pillar. Instead, he looked like a brave adult who willingly embraced his responsibility. Such grit and precocity made him look so much older than his age—eight years my senior—that since we had begun to live together again, I always tried to read him from a distance, unable to express affection as freely as I had in the countryside.

We climbed the hill, hand in hand.

"Do you know the name of this mountain?" Brother asked in a kind but reserved voice.

I shook my head.

"It's called Inwang Mountain."

"Then tigers live here, right?" I asked, remembering a song about roaring tigers on Inwang Mountain from the landlord's radio.

"Not any more. That was a long time ago."

I was proud that this tall, handsome boy with the broad, rectangular forehead and thick eyebrows was my brother. I pranced along, my small shoulders

것일까. 그건 아마 엄마가 배신한 온갖 과수가 있는 후원과 토종 국화 덤불이 있는 사랑뜰과, 정결하고 간살 넓은 초가집과 선산과 전답과 그 모든 것을 총괄하시는 비록 동풍은 했으되 구학문이 높으신 시아버지가 뒤에 있다고 믿는 마음 때문이 아니었을까. 그게 엄마의 긍지라면, 먼저 것은 엄마의 허영이었다.

남의 가게 유리 깨뜨린 사건은 그것으로 일단락 지은 줄 알았는데 그게 아니었다. 그 후 며칠 있다가 오빠가 엄마한테 나를 데리고 뒷동산에 가서 놀다 오겠다고 말했다. 처음 있는 일이었다. 시골집에 있을 때 오빠는 개구쟁이였고 우리 남매는 매우 친했었는데 이 년 동안 떨어져 있다 만난 오빠는 우울하고 과묵한 소년이 돼 있었다. 키가 엄마보다 더 크고 어깨도 벌어져 대처에 가서 성공해서 가운을 일으켜야 된다는, 순전히 타의에 의한 과중한 책임에 짓눌려서 고향을 떠나지 않으면 안 되었던 불쌍한 소년은 이미 아니었다. 오히려 그런 책임을 스스로 걸머지려는 늠름함과 조숙함이 여덟 살이라는 실제의 나이 차이보다 훨씬 큰 차이를 느끼게 해서 다시 만난 후 나는 한 번도 친밀감을 제대로 표시하지 못한 채 슬금슬금 눈치나 보고 멀찌감치 겉돌고 있었다.

dancing. We climbed until we reached the remnants of the old fortress wall. The city spread out below us.

"Is it 'inside the gate' from that gate over there?" I pointed at the Independence Gate standing tall in the middle of the street. I still needed real gates to understand the concept of "inside the gates" and "outside the gates."

"When are we going to move 'inside the gates?'" I wanted Brother to allay the insecurity Mother had instilled in me. I was pretty sure that Brother would reply, "Soon, when I make it in the world." Even before he answered, I began to jump up and down, excited. Once again, secret, warm feelings seemed to flow between us. Brother's response was incomprehensible, however.

"You deserve a whipping. Pull up your skirt."

His back was already to me as he began to fashion a switch out of a branch. I couldn't figure out whether he was angry or just being playful. He got rid of the rough spots on the switch and turned to face me. He was expressionless and pale as if all emotions and blood had been drained out of him.

"Will you stop pestering Mother for coins to buy candies? Do you know how Mother wears herself

"이 산이 무슨 산이지?"

오빠가 내 손을 잡고 헐벗은 바위산을 오르면서 우울하고 정답게 말했다. 나는 고개를 저었다.

"인왕산이야."

"그럼 이 산에 호랑이가 살겠네?"

안집 라디오에서 인왕산 호랑이 우르릉 어쩌구 하는 노랫소리를 들은 적이 있기 때문에 나는 그렇게 물었다.

"예전엔."

오빠는 짧게 대답했다. 나는 키 크고 이마가 번듯하고 눈썹이 준수한 청년이 나의 오빠라는 게 자랑스러워 작은 어깨를 으쓱으쓱하면서 걸었다. 우린 헐어진 성터가 있는 데까지 올라갔다. 시내가 한눈에 들어왔다.

"저기서부터 문안이야?"

나는 한길 한가운데 우뚝 선 독립문을 가리키면서 물었다. 그때까지도 문안, 문밖을 이해하기 위해서 구체적인 문을 필요로 했다.

"우린 언제 문안에 들어가서 살지?"

나는 엄마한테 옮은 문밖에 사는 열등감을 오빠로부터 위로받기 위해 이렇게 말했다. 나는 오빠가 응, 곧 내가 성공하면, 이라고 씩씩하게 말해 주리라 맹목적으로 믿고

out to make money? You're so immature. She makes dresses for *kisaeng*. Mother, our mother, is working for the low-class *kisaeng* girls. How can you waste that money every day? I know you're small, but you can't do that to Mother. Tell me you'll never do it again. Say it. Surrender!" Scolding me, his voice breaking, he whipped my skinny calves mercilessly.

I said nothing. It was more difficult not to say "I surrender" than to endure the pain itself. I could manage not to say it for a long time, because I wanted to be punished.

"Say you surrender. Now. Say it. You're so stubborn."

Brother wasn't cruel enough to get the words out of me. His voice cracking, he tossed the branch away. He hugged me tightly and said, "Don't do it again. Promise?"

He seemed to be begging for my surrender. I nodded eagerly in his arms. This was how my savoring of city sweets came to an end. Instead of giving me coins, Mother stashed a bag of candies somewhere in our room and gave me a piece when I was good.

Brother found another activity for me. In a notebook, he wrote down our address, my name,

있었기 때문에 대답을 듣기도 전에 기분이 좋아 혼자서 깡충거렸다. 은밀하고 따뜻한 정이 오래간만에 다시 우리를 연결하는 것 같았다. 그러나 오빠는 내가 도저히 믿을 수 없는 소리를 했다.

"너 한번 맞아 볼래. 종아리 걷어."

오빠는 벌써 돌아서서 나뭇가지로 회초리를 만들고 있었기 때문에 성을 내고 있는지 장난을 치고 있는지 짐작도 할 수가 없었다. 회초리를 매끄럽게 다듬은 오빠가 홱 돌아섰다. 오빠는 핏기와 함께 희로애락의 표정까지 바래 버린 것처럼 무표정하고 핼쑥했다.

"너 또 일 전만, 일 전만 사정을 해서 군것질 할래? 안 할래? 너 엄마가 무슨 고생을 해서 그 돈을 버시는지 알기나 하고 엄마를 그렇게 조르냐 조르길. 이 철딱서니 없는 계집애야. 그 돈은 엄마가 기생 바느질품팔이를 하셔서 번 돈이야. 우리 엄마가 천한 기생 바느질품팔이를 하신단 말야. 그 돈을 네가 매일 장작 한 단 살 만큼이나 까먹는단 말야. 우리가 아무리 어려도 그럴 순 없어. 다신 안 그런다고 해. 어서 다신 안 그런다고 항복을 하라니까."

오빠는 회초리로 사정없이 내 여윈 종아리를 후려치면서 목멘 소리로 내 잘못을 꾸짖었다. 그때 나는 너무 오래

our family's names in Chinese characters, and told me to copy them. Sometimes ten times, sometimes twenty. Once in a while he tested me to see whether I could write them without looking. He also taught me to write numbers and Japanese *katakana*. This was all to prepare me for school. I learned all of them more quickly than Brother had expected. He hoped that I'd spend a lot of time copying Chinese characters, but I had already finished *The Thousand Character Classic*.

Don't enter the landlord's courtyard. Don't go out into the alley. Don't play with the landlord's daughter. Don't play with the neighborhood children. Nobody here deserves our company.

Mother knew how to doggedly control the range of my activities and friendships, but had no idea how cruel a punishment it was for a six-year-old girl. If I listened to Mother, I could never go out of our room, I could never have anyone to talk to except her and Brother.

Mother sewed dresses all day long in front of a small brazier. If Brother was right, they were for *kisaeng*. I didn't know exactly what these girls did, but I was sure from Brother's and Mother's tone that they were a tribe undeserving of our company. The

아픔을 참고 매를 맞았다. 아픔보다 항복 소리를 참는 게 더 힘들었다. 순하게 벌 받고 싶은 마음이 항복 소리를 오래 참을 수 있게 했다.

"항복하라니까."

오빠는 내 입에서 항복 소리를 짜내기엔 독한 마음이 모자랐다. 나를 야단치는 소리가 여려지고 흔들리더니 회초리를 내던지면서 나를 안았다.

"안 그러지? 다신 안 그러지?"

도리어 오빠의 목소리가 항복을 청하는 것처럼 구슬펐다. 나는 오빠의 품에서 열심히 고개를 끄덕였다.

이렇게 해서 대처의 감미를 두루 염탐하는 일은 끝장을 보고 말았다. 엄마는 일 전씩 주는 대신 사탕을 사다가 감춰 놓고 말 잘 들었을 때 하나씩 꺼내 주는 새로운 방법을 썼고, 오빠는 공책에다 한문으로 주소와 내 이름 가족들의 이름을 본보기로 써놓고 저녁때까지 열 번을 쓰라고도 했고 스무 번을 쓰라고도 했다. 1, 2, 3, 4…… 쓰기나 일본 가나 쓰기도 그런 방법으로 조금씩 익혀 갔다. 나를 학교 보낼 준비가 시작되고 있었다. 나는 오빠가 기대하는 것 이상으로 그런 것들을 빨리 익혔다. 오빠는 내가 한문 쓰기에 오랜 시간을 보내길 바랐지만 나는 시골집에서 천

dresses were in vivid colors, soft and smooth to the touch. It was a pleasure to look at and caress them. These were the kind of dresses I had dreamed of wearing after I grew up. Certainly they were more attractive than the white-blouse, black-skirt uniform I was destined to wear. Who were those women wearing these pretty dresses? I had never seen anyone in such vivid colors on the way from Seoul station to Hyŏnjŏ-dong and while living in Hyŏnjŏ-dong. Then there must be another neighborhood where people undeserving of our company lived. I was secretly thrilled by my curiosity and fascination with these women whose company was strictly forbidden. It was a taste of guilt stronger than that of candies.

I hurried through the homework Brother had designed for me and kept asking one question after another of Mother, usually about her sewing materials and small leftover fabrics. Brocade, satin damask, satin, plain silk, *habutae*, and *jamisa* silk. I could parrot the names of fabrics just by looking at them. I could spot flaws in the sewn dresses; the collar of a blouse was attached too high, or the hem of a blouse was cut too round. I learned how to broad-stitch, machine-stitch, hemstitch, and fell-

자문을 뗀 실력을 가지고 있었다.

안집에 들어가지 마라, 골목 앞에 나가지 마라, 안집 애하고 놀지 마라, 동네 애들하고 놀지 마라, 상종할 만한 집 자식 하나도 없더라.

엄마는 자나깨나 집요하리만큼 열심스럽게 나의 행동반경과 교우 범위를 제한할 줄만 알았지 그게 실제로 여덟 살짜리 계집애에게 얼마나 가혹한 형벌이라는 건 모르고 있었다. 엄마가 하라는 대로 하면 나는 결코 단칸방을 벗어날 수 없었고, 엄마나 오빠 외의 말벗을 가질 수도 없었다. 엄마는 아침부터 화롯불을 끼고 앉아 온종일 삯바느질을 했다. 오빠의 말이 정말이라면 그건 기생들의 옷일 터였다. 나는 기생이 뭔지 잘 모르고 있었다. 그러나 오빠의 말투와 엄마의 태도로 미루어 그들 역시 우리하곤 상종해서는 안 되는 족속들이라는 것 하나는 확실하게 알고 있었다. 그들의 옷은 하나같이 곱고 매끄럽고 부드러웠다. 바라보아도 즐겁고 어루만져 보아도 즐거웠다. 그건 내가 먼 훗날 입어 보길 꿈꾼 바로 그 아름다운 옷이었고 내가 앞으로 입기로 계약된 흰저고리에 검정 통치마보다 훨씬 매혹적인 옷이었다. 도대체 어떤 여자가 그런 옷을 입는 것일까. 경성역에서 현저동까지 오는 동안도 현

stitch. I made a triangle by folding a square fabric. I stitched triangular pieces together to make a square, creating quite a good-sized quilt.

My handiwork improved and I thought Mother would finally praise my skill. One day, however, Mother took away my thread, needles, and a bundle of leftover fabrics. From that day on, sewing was on the list of forbidden activities for me.

"Don't dream of sewing seriously. You must study. If you're good at using your hands, you end up using your hands to make a living. If you're good at singing, you will live by singing. If you care about your looks, you will live by cultivating your appearance. If you have no talent, you live without any talent. I don't want you to live with no talent, but I don't want you to make a living with sewing, singing, or appearance, either. You must study hard and become a New Woman. All right?"

She didn't say how a New Woman earned a living. To Mother, a New Woman was a free soul who knew everything about the ways of the world and could do everything she wanted, so the business of earning a living was beside the point. Another hobby of mine was taken away. All I was given was a small room for a playground, a pencil, and a

저동에 사는 동안도 그런 옷을 입은 사람과 만난 적은 한 번도 없었다. 그렇다면 문밖 동네인 현저동 말고도 상종 못할 사람들이 사는 동네가 또 있을 것이다.

상종이 엄격하게 금지된 것에 대한 나의 이런 호기심과 매혹은 은밀하고도 짜릿했다. 그건 사탕맛보다 훨씬 자극적인 죄의식의 미각이었다.

나는 오빠가 내준 글공부 숙제를 후딱 끝마치고는 엄마에게 쉬지 않고 얘기를 시켰다. 나는 주로 엄마의 삯바느질 거리와 거기서 떨어지는 색색가지 헝겊조각에서 화제를 끌어냈다. 양단·모본단·공단·호박단·하부다이·자미사…… 나는 곧 옷감을 보기만 하면 척척 그 이름을 알아맞히게 됐고, 다 된 저고리에서 깃고대를 너무 되게 앉혔다는 둥, 도련을 너무 후렸다는 둥, 그럴듯한 결점까지 찾아내게 됐다. 홈질, 박음질, 감침질, 공그리기도 익혔다. 그러자니 네모난 헝겊을 접어 괴불도 만들고 세모난 헝겊을 네모나게 붙이기도 하다가 꽤 큰 조각보가 되기도 했다. 조각보 솜씨가 이만하면 엄마도 칭찬해 줄 만하게 늘었을 때 엄마는 칭찬은커녕 아예 실과 바늘과 헝겊 보따리를 몰수해 갔다. 그날부터 즉시 바느질 장난도 엄마의 금지 사항 속에 포함됐다.

notebook. Mother asked Brother to give me more homework, so what I had to do every day increased a great deal. But no matter how much homework I had, I finished it all by scrawling as fast as I could, which is why, I believe, my handwriting is still bad today. I found the Japanese *katakana* writing especially monotonous and meaningless. Brother taught me the sound of each symbol, but didn't teach me the fun of combining symbols to make words. Perhaps he was too busy with his own studies, but my homework was boring.

No rule could make a six-year-old girl a prisoner. I began to draw in the margins of my notebook. I drew one New Woman after another with a *hisashigami* hairstyle, decked out in a white blouse, a narrow black skirt, high heels, and a handbag. By then the look of a New Woman was no novelty. Even in our neighborhood, scorned by Mother as "outside the gates," I had seen women with more adventurous clothes. They were dressed in Western outfits or even had bobbed hair. Mother's New Woman had already become outdated. But the information Mother had single-mindedly instilled in me about what a New Woman did remained an enigma. The description wasn't difficult but still

"글공부를 잘해야지 바느질 같은 거 행여 잘할 생각 마라. 손재주 좋으면 손재주로 먹고 살고 노래 잘하면 노래로 먹고 살고 인물을 반반하게 가꾸면 인물로 먹고 살고 무재주면 무재주로 먹고 살게 마련이야. 엄만 무재주도 싫지만 손재간이나 노래나 인물로 먹고 사는 것도 싫어. 넌 공부를 많이 해서 신여성이 돼야 해. 알았지?"

엄마는 신여성은 뭘 해서 먹고 사는 사람이란 소리는 안 했다. 하긴 엄마의 신여성관이란 공부를 많이 해서 이 세상 이치에 대해 모르는 게 없고 마음먹은 건 뭐든지 마음대로 할 수 있는 자유로운 여자였으니 먹고 사는 게 문제가 아니었을 것이다. 나는 또 소일거리를 빼앗기고 말았다. 한 평 남짓한 놀이터와 연필과 공책만이 나에게 주어졌다. 엄마가 오빠에게 부탁해서 내가 하루에 써야 할 글씨 공부의 양도 대폭 늘어났다.

그러나 나는 지금의 악필과도 결코 무관한 것이 아닌 속필로 제아무리 많은 글씨 공부도 후딱 끝냈다. 글씨 공부 중에서도 일본 가나 공부는 단조롭고도 무의미했다. 오빠는 자기 공부가 바빠서인지 그 부호의 음만을 가르쳐 주었다. 그 부호를 연결해서 만들 수 있는 새로운 말에 대해선 한마디도 안 가르쳐 주었기 때문에 재미를 붙일 수

hard to understand. Gradually the small drawings at the top and bottom margins in the notebook developed into full-sized ones, taking up a whole page. I ran out of notebooks faster and faster. That, too, posed a problem in a poor household. Mother and Brother weren't ruthless enough to take away my notebooks, though.

One day, Brother bought a slate pencil and told me to draw with it on the ground and write only words in the notebooks. Brother showed me how to draw with the slate pencil outside the gate. He drew something on the ground and erased it by rubbing it out with his foot. A good son, he seemed to have felt bad for Mother who was forced to buy one notebook after another with the money she earned as a seamstress.

I was more amazed and overjoyed about being freed from our room than about the slate pencil itself. I felt I could finally breathe. Our home was at the top of a high stone embankment. The alley outside the gate wasn't flat; it was a little branch of a path from a steep climbing road to the top of the hill. A cliff stood right off the alley, but it commanded a nice view.

Far below was a big road busy with streetcars

가 없었다.

그러나 어떤 계율도 여덟 살 먹은 계집애를 완전히 가두진 못했다. 나는 공책의 여백에 그림을 그리기 시작했다. 머리는 히사시까미하고 흰 저고리에 검정 통치마를 입고 뾰족구두 신고 한도바꾸 든 신여성을 그리고 또 그렸다. 그때 이미 나는 신여성의 특이한 외모를 별로 신기해하고 있지 않았다. 엄마가 문밖이라고 무시하는 현저동에서만도 그보다는 더 신식에 앞선 여자를 얼마든지 만날 수가 있었다. 양장한 여자나 단발을 한 여자까지 있었다. 엄마의 신여성은 이미 구닥다리가 돼 있었다. 그러나 엄마가 나에게 무작정 주입한 신여성만이 할 수 있는 일은 아직도 나에게 암호였다. 어려운 말은 아닌데 못 알아들을 소리였다. 신여성 속의 이런 암호 때문에 날마다 똑같은 신여성을 그리는 일에 싫증을 내지 않을 수가 있었는지도 모른다. 나는 차츰 공책의 여백에 조그맣게 그리던 걸 온 장에다 크게 그리기 시작했다. 공책의 소모가 점점 빨라졌다. 가난한 집에선 그것도 문제였다. 그렇다고 그 일까지 빼앗을 만큼 엄마도 오빠도 모질지는 못했다.

어느 날 오빠는 석필을 사다 주면서 공책엔 글씨만 쓰고 그림은 그걸로 땅바닥에 그리라고 일러 주었다. 오빠

looking like blue boxes and across the road was a gigantic house with a red brick wall. I thought a king might live in that palace by the way guards stood sentry around it day and night.

From time to time, blue sparks jumped from the antenna of a streetcar where it touched the wire overhead. They looked most beautiful at dusk. Whenever I saw them, I got chills down my spine; they seemed to be a tantalizing power or heat that was about to strike something inside me and ignite another spark. But most of the time I was bored to tears. Neither Mother nor Brother guessed how this deep boredom was sucking the life out of me.

One day I was drawing a New Woman on a flat ground outside our gate as usual, erasing one image after another. "Let's play," a tall girl said. I had never played with her before, but I knew of her. She lived in a house just below the cliff, whose courtyard was in full view. The yard was narrow, wet, and crowded. The women who rented each room of the house would cook in the yard, their large hips brushing, or roll up their sleeves and fight. The tall girl was a tinker's daughter. Every morning her father walked down the steep alley. Wearing a hat with a twisted rim, he had a string-

는 손수 석필로 대문 밖 골목길에다 그림을 그리고 발로 쓱쓱 지우는 시범까지 보여 주었다. 효성이 지극한 오빠였으니까 엄마가 바느질 품판 돈으로 산 공책을 너무 헤프게 쓰는 게 아까워서 그런 꾀를 낸 모양이었다.

나는 석필보다는 단칸방의 연금 상태에서 벗어난 게 신기하고 즐거웠다. 살 것 같았다. 우리가 세 든 초가집은 높은 축대 위에 있었다. 대문 밖도 평탄한 골목길이 아니고 인왕산으로 통하는 오르막길에서 가지를 뻗은 좁은 막다른 길이어서 사람이 드나들 수 있는 길 밖은 곧 낭떠러지였다. 그러나 전망은 좋았다. 멀리 파란 상자갑같이 생긴 전차가 왕래하는 한길이 보였고, 그 너머론 높고 붉은 담장을 둘러친 어마어마하게 큰 집이 보였다. 그 큰 집엔 임금님이라도 사시는지 파수꾼이 밤이나 낮이나 지켜 서 있었고 전차의 이마빡에 뻗친 더듬이가 공중에 걸린 줄과 맞닿으면서 간간이 일어나는 푸른 섬광은 어둑어둑해질 무렵이 가장 아름다웠다. 나는 그것을 볼 때마다 내 속에서도 뭔가와 부딪쳐 스파크를 일으키려는 아슬아슬한 힘 같기도 하고 열기 같기도 한 걸 느끼고 전율했다. 그건 골수에 사무치는 심심함이었다. 나는 심심하다는 골병이 들어 있었다. 엄마도 오빠도 심심함이 얼마나 깊숙이 나의

attached can hanging from his arm and carried a satchel on his shoulder, and shouted, "Patch tin pans, pots, and buckets!" His tone was sad and melodious. The can had a small airhole like a brazier's. The can held kindling coal and a long iron, and the satchel carried a lead rod, tiny strips of aluminum pieces, big scissors, and a hammer. I had no idea when he came home in the evening because I'd never seen him come home. Unlike the father, the mother seemed lazy and hated patching up or sewing things. Her clothes and her children's were often torn or tattered.

On that particular day, too, the girl was wearing a cotton-padded blouse with torn elbows exposing the dirty cotton padding, and a skirt with one side drooping almost the length of my stretched hand, where it had ripped from the bodice. She was much taller. She didn't wait for my reply. She took the slate pencil away from me and started drawing people. They weren't New Women, but men in trousers. She chained them up with a rope.

"Why are you tying them up?"

"Because they're jailbirds."

"What are jailbirds?"

"Scary people who live in that big house." She

생기를 잠식하고 있는지 모르고 있었다.

그날도 나는 대문 밖 낭떠러지 위 평상같이 생긴 땅에다 신여성을 그렸다 지웠다 하면서 놀고 있었다. 나하고 놀자, 어떤 키 큰 아이가 내 앞에 서서 말했다. 그 아이하고 놀아보진 않았지만 나는 그 아이에 대해 알고 있었다. 그 아이는 바로 낭떠러지 밑에 있는 집에 살고 있었다. 낭떠러지 위에선 그 집의 안마당이 곧장 내려다 보였다. 안마당은 좁고 질척거리고 복작거렸다. 방방이 세들어 사는 여편네들은 끼니때마다 커다란 엉덩이를 부비면서 밥을 짓기도 하고 가끔 팔뚝을 부르걷고 싸움질을 하기도 했다. 그 아이는 그 집에 세들어 사는 땜장이 딸이었다. 그 아이 아버지 땜장이는 아침마다 테가 이상한 모양으로 비뚤어진 중절모를 쓰고 철사 끈이 달린 깡통을 팔에 걸고 한 어깨엔 망태를 메고 "양은 냄비나 빠께스 때애려 생철통이나 양은솥도 때애려" 하고 구슬픈 가락을 붙여 목청을 빼면서 비탈길을 내려가곤 했다. 풍로처럼 바람구멍이 뚫린 깡통에는 불씨가 들어 있었고 기다란 인두가 꽂혀 있었고, 망태엔 막대기같이 생긴 납이랑 함석조각, 가윗밥 크기의 양은 조각, 큰 가위, 망치 같은 게 들어 있었다. 저녁땐 언제 들어오는지 본 적이 없었다. 그 아이의 엄마

pointed at the palace-like house with the tall brick wall. In addition to jailbirds, she knew how to draw an airplane, a streetcar, a car, a rickshaw, a bird, and fruit. She also drew a plausible goblin and a fairy, beings I had never seen before.

"What grade are you in?" I asked in awe.

"I don't go to school. I know how to read Korean, so there's no need to go to school. My father said knowing Korean writing is enough for a girl."

I had learned the Korean alphabet from Grandmother in the countryside, but I hadn't considered myself literate, knowing merely Korean. In my hometown, the Korean alphabet was overshadowed by Grandfather's Chinese characters and in Seoul it was nothing compared with the prevalent Japanese writing system. I pitied and envied her. She believed the Korean alphabet was enough!

"Then aren't you going to be a New Woman?"

"I'm going to marry a policeman."

She drew a policeman, with a long sword at his waist. She broke the pencil in two without my permission, and gave one part to me with a magnanimous air. She suggested that we draw each other's faces. Until then when I drew a person, I emphasized the *hisashigami* hairstyle by depicting a

는 아버지에 비해 게으르고 더구나 뭘 깁거나 때우는 건 좋아하지 않는 모양으로 자기의 옷도 아이들의 옷도 해져 있거나 터져 있는 적이 많았다.

그날도 그 아이는 팔꿈치가 해져서 시커먼 속이 드러난 저고리에 말기가 한 뼘은 뜯긴 치마를 입고 있었다. 그러나 키는 나보다 훨씬 컸다. 그 아이는 대답도 기다리지 않고 석필 먼저 뺏더니 사람을 그리기 시작했다. 신여성이 아닌, 바지 입은 남자를 여럿 그리더니 줄로 엮기 시작했다.

"사람을 왜 묶니?"

"전중이니까."

"전중이가 뭔데?"

"저 큰 집에 사는 무서운 사람이야."

그 아이는 전찻길 건너 붉은 벽돌담이 드높은 대궐 같은 집을 가리키며 말했다. 그 아이는 전중이뿐 아니라 비행기·전차·자동차·인력거도 그릴 줄 알았고, 새나 과일도 그릴 줄 알았다. 도깨비나 선녀처럼 내가 한 번도 본 적이 없는 것도 그럴듯하게 그릴 줄 알았다.

"넌 몇 학년이니?"

나는 그 키 큰 아이에 대한 경탄을 이렇게 나타냈다.

profile. It was no easy matter to draw the front even by looking at it. On the other hand, she effortlessly drew a circle and added my short hair, eyes, nose, mouth, and ears. She could draw anything!

"I'm bored," she complained.

I figured she got bored easily because she was good at any kind of drawing. I was uncomfortable, feeling responsible for her restlessness. I wanted to go along with her whims and make her happy. She didn't miss a beat. A conspiring smile was brewing around her mouth, like sizzling foam on a boiling stew.

"Pull down your underwear, will you? I'll pull down mine, too."

She didn't wait for my reply. She lowered her dirty, worn-out, baggy-kneed underwear and sat with her knees raised, exposing her private parts. I couldn't refuse her peculiar suggestion that we draw each other's private parts as we had our faces. I was aware that I was doing something that deserved Mother's spanking, which made me nervous, but this silly game was as thrilling as walking a tightrope. As soon as the drawing was finished, I erased it with my foot and pulled up my pants. She pulled up hers as well.

"난 학교 안 당겨, 언문 다 깨쳤는데 학교를 뭣하러 댕기니, 우리 아버지가 그러는데 계집앤 언문만 깨치면 된대."

나도 할머니한테서 언문을 깨쳤지만 그걸 글이라고 생각해 본 적조차 없었다. 시골집에선 할아버지의 한문의 위세에 눌려서 그랬고, 서울 와선 일본글에 가려서 그건 도무지 빛을 못 봤었다. 나는 그 아이가 그까짓 언문을 가지고 행세하려 드는 게 부럽기도 하고 측은하기도 했다.

"넌 그럼 커서 신여성 안 될 거니?"

"난 순사한테로 시집갈 거야."

그 아이는 단박 칼 찬 순사를 그리면서 말했다. 그 아이는 또 내 허락도 없이 내 석필을 분지르더니 선심 쓰듯이 나한테도 한 토막 주면서 서로의 얼굴을 그리자고 했다. 나는 그때까지 사람을 그리려면 우선 히사시까미한 머리 먼저 의식했기 때문에 꼭 옆얼굴만 그렸으므로 아무리 보고 그린다고는 하지만 얼굴을 정면으로 그리기는 어려웠다. 그러나 그 아이는 힘 안 들이고 동그라미를 그리고 그 안에 내 단발머리와 이목구비를 그려 넣었다. 그 아이는 못 그리는 게 없었다.

"아이 심심해."

She didn't stop there. She began to draw the same things on our walls and gates. She was very skillful. She didn't even have to look at a real object while drawing it. My young mind was torn with a sense of betrayal. I pushed her away and tried to erase her drawings, but the ones on the grimy plaster wall and wooden gate weren't as easy to erase as those in the dirt.

Having failed to get rid of this evidence of my naughtiness, I was close to tears. I'd misbehaved because I thought we'd destroy the evidence. My face flushed, I begged her to erase her drawings. She didn't seem at all concerned. She thought I was ashamed of them.

"Dummy, they aren't yours. They're your landlord's family's."

"How will other people know?"

"How? I'll write their names under them." She drew a whisker-like line from each drawing and wrote the name of its possessor.

"Ok-bun's Grandmother's XX"

"Ok-bun's Mother's XX"

I knew that things were getting out of hand. I felt bolder and even enjoyed the tingling sense of revenge. Ok-bun was our landlord's child.

그 아이는 모든 그림에 익숙했으므로 싫증도 잘 냈다. 나는 그 아이가 심심한 게 내 탓처럼 불편해서 어떡하든 그 아이가 안심할 수 있게 비위를 맞추고 싶었다. 그 아이는 나의 이런 아부하고픈 속셈을 놓치지 않았다. 그 아이의 입가에 찌개가 조는 것처럼 자글자글한 웃음이 감돌았다.

"너 속바지 벗을래? 나도 벗을게."

그 아이는 내 대답도 기다리지 않고 때 묻은 무릎이 나오게 해진 속바지를 벗고 아랫도리를 벌리고 무릎을 세우고 앉았다. 아까 서로의 얼굴을 사생했듯이 서로의 성기를 사생하자는 기발한 제안을 나는 거절하지 못했다. 엄마한테 들키면 당장 매 맞을 나쁜 짓을 하고 있다는 자각이 심심하다는 축 늘어진 의식을 팽팽하게 잡아당기면서 그 쓰잘 데 없는 장난에 줄타기 같은 고도의 긴장감을 주었다. 우린 땅바닥에 서로의 성기를 사생했다. 사생이 끝나자마자 나는 얼른 그것을 발로 부벼 지우고 속바지를 치켰다. 그 아이도 속바지를 치켰다. 그러나 그 아이의 장난은 그것으로 끝나지 않고 우리 집 담벼락과 대문에도 같은 그림을 여러 개 그리기 시작했다. 그 아이는 실물을 보지 않아도 잘 그렸다. 나는 어린 마음에 어떤 모독감을

Those pictures brought immediate disaster to our family. When the tall girl had gone home, the landlord, on his way home from work, spotted me at the scene of crime. He shouted for his wife and concubine and the women rushed out. They stamped their feet and exclaimed, "Obscene! Obscene!"

Mother, who had followed them out, begged their forgiveness, her face ashen. Brother ran out, too. Instead of being swayed by the incident, he was the only one who had the presence of mind to take it all in and try to judge what happened. His precociousness and courage stood out.

"My sister didn't do it. She doesn't know how to write Korean. Don't blame my sister before you know the whole story!"

The landlord had grabbed me by the nape of my neck. Uttering these bold, challenging words, Brother dashed toward him and tried to free me from his firm grip. I was shaking. Brother was brilliant. Since he pointed out something they themselves weren't sure of, their faces betrayed uncertainty. I sensed the landlord's doubt in his slackening grip and secretly smiled to myself about our triumph. It was too soon to celebrate, however. The landlord flung me away and grabbed Brother's

느끼고, 그 아이를 밀치면서 그것을 지워 버리려고 했지만, 시커멓게 찌든 회벽과 널빤지 문에 그려 놓은 석필 그림은 흙바닥과 달라서 좀처럼 지워지지 않았다. 나쁜 짓의 증거인멸에 실패한 나는 울상이 됐다. 나의 나쁜 짓은 감쪽같은 증거인멸을 전제로 하고 있었다. 나는 얼굴이 화끈화끈 상기해서 그 아이한테 그걸 지워 놓으라고 애걸했다. 그 아이는 내가 단지 창피해서 그러는 줄 알고 사뭇 여유 있게 굴었다.

"이 바보야, 이건 네 것이 아냐. 느이 안집 식구 거야."

"남들이 그걸 어떻게 알아?"

"왜 몰라. 내가 명토를 박아 줄걸."

그 아이는 그 그림에다 삐죽삐죽 수염 같은 걸 가필하고 나서 옆에다 정말 명토를 박았다. 〈옥분 할머니 ××〉〈옥분 엄마 ××〉…….

나는 일이 이미 걷잡을 수 없이 커져 가고 있다는 걸 느꼈으나 한편 될 대로 되라는 배짱과 함께 짜릿한 복수의 쾌감조차 느끼고 있었다. 옥분이는 안집 아이 이름이었다.

이 그림은 우리 식구에게 당장 화를 몰고 왔다. 그 아이가 집으로 간 뒤에 마침 일터에서 돌아오던 안집 아저씨

collar instead. He slapped him across the face.

"Who raised this bad-mannered child? How can you butt in while grownups are talking? Looking me straight in the eyes too? Trying to teach an adult? Manner-less good-for-nothing!"

He spat on the ground, ordered Mother to wash off the drawings, and disappeared into his house. Brother had been right and they had no choice but to accept his reasoning, but how they accepted it was the problem. Mother was furious about the landlord's abuse of Brother. The word "manner-less" hurt Mother's pride beyond description. Brother was her faith. She didn't even walk around the head of his bed when he was sleeping, but around the foot. She didn't throw out the books and notebooks Brother had finished; instead she piled them up on a shelf and cared for them as if they were ancestral tablets. For Mother, who had betrayed the actual ancestral tablet, Brother was her object of worship. That son of hers had been abused as a "manner-less good-for-nothing" by none other than the landlord himself, of whom she was contemptuous in secret, considering him the lowest of the low, undeserving of her company, although she lowered her head and bowed to him whenever she saw him.

한테 나는 현장에서 붙잡혔다. 안집 아저씨는 큰소리로 그 처첩을 불러냈고 그의 처첩은 아이고 망측해라, 아이고 망측해라 하면서 발을 동동 굴렀다. 뒤미처 뛰어나온 엄마가 사색이 되어 빌기 시작했다. 오빠도 뛰어나왔다. 유일하게 오빠만이 흥분하지 않고 그 사태를 차근차근 갈피 잡아 바른 판단을 하려는 침착성을 보였다. 오빠의 늠름함과 조숙함이 돋보였다.

"이건 제 동생 짓이 아네요. 제 동생은 언문을 모르거든요. 잘 알지도 못하고 제 동생을 죄인 취급하지 말아요."

오빠는 당당하게 안집 아저씨한테 도전을 하며 나를 안집 아저씨의 손아귀에서 빼내려고 했다. 나는 그때 안집 아저씨한테 뒷덜미를 단단히 잡힌 채 오들오들 떨고 있었다.

오빠는 참으로 총기가 있었다. 실은 안집 식구들도 의아해 하는 것의 정곡을 오빠가 찔렀기 때문에 그들의 기세도 조금씩 흔들리기 시작했다. 나는 내 덜미를 잡은 아저씨의 손에서 재빨리 그걸 느끼고 은밀하게 회심의 미소를 짓고 있었다. 그러나 속단이었다. 아저씨는 마치 도리깨질하듯이 힘껏 나를 뿌리치더니 오빠의 멱살을 잡고 따귀를 후려치기 시작했다.

Mother cleaned off the awful drawings with a bucketful of water and a brush. Her hands shook as she suppressed a violent wail on the verge of bursting out. That night, weeping in bed, Mother wrote a letter to my grandparents about how miserable it was to live as tenants, and how she dreamed of buying a home in our neighborhood, where housing was the cheapest in Seoul. If they helped out a little, she could probably get a loan for the rest from the banking cooperative. Writing to them was a great concession on her part. She had intended to make Brother a success without anyone's help and buy a home inside the gates, not outside.

When Mother came to the countryside to fetch me, she acted like a perfect Seoulite. But it was only an illusion. She was anxious and suffered from an inferiority complex because she was living outside the gates. She wasn't a real Seoulite yet. What soothed her outsider mentality, what made her dismiss our neighbors as "good-for-nothings undeserving of our company" whenever she felt like it, was nothing other than the countryside, which frustrated her and of which she was contemptuous, and on which she had turned her back. It was an odd contradiction.

"이런 후레자식 같으니, 어른한테 어디 함부로 말참견이야 말참견이, 그것도 눈을 똥그랗게 뜨고 훈계조로, 천하의 배우지 못한 후레자식 같으니……."

그러면서 침을 탁 뱉아서 엄마한테 당장 그 망측한 그림들을 깨끗이 닦아 놓으라고 명령하고 안으로 들어갔다. 오빠는 경우에 맞는 소리를 했고 그들도 별수 없이 그 소리를 받아들인 셈이지만 그 받아들인 방법이 문제였다.

따귀 맞은 것도 분하지만, 후레자식 소리는 엄마의 자존심에 깊은 상처를 입혔다. 오빠는 엄마의 신앙이었다. 엄마는 오빠가 잠든 머리맡도 지나다니지 않았다. 오빠가 다 쓴 책이나 공책도 선반 위에 차곡차곡 쌓아 놓고 신주단지처럼 받들었다. 신주단지를 배반한 엄마에게 그거야말로 새로운 신주단지였다. 그런 아들이 가장 심한 모멸을 담은 욕인 후레자식 소리를 들은 것이다. 딴 사람도 아닌 엄마가 비록 겉으론 굽실대지만 속으로 상종 못할 바닥 상것으로 멸시하는 안집 남자한테. 대야에 물을 떠다 놓고 솔로 그 망측한 석필 그림을 닦아 내는 엄마의 손이 부들부들 떨리고 목구멍에선 짓눌린 오열이 격렬하게 끄르럭대고 있었다.

그날 밤 엄마는 이불 속에서 울면서 시골에다 편지를

Instead of pulling herself out of this contradiction, she was slipping further and further into it.

It goes without saying that the drawings were a good excuse for Mother and Brother to forbid me to play with the tinker's daughter. They were trying to take everything I liked away from me, I thought. This time it was a friend, not candies or hobbies. This friend called to me in a plaintive, babyish voice. Whenever I heard her, I was all nerves, wanting to deceive Mother, my eyes as cunning as a mouse's.

Mother would put on a show of heaving a deep sigh before allowing me to play a little. She judged correctly; it was better to let me play with my friend than encourage me to deceive her. I was deeply drawn to this friend of mine. I began to follow her farther and farther away from home. The maze of alleys, stairs, and steep hills grew familiar to me, just as when one begins to learn how to read one word at a time. I found it exhilarating. I was free as long as I knew my way through the maze.

At last we ventured into the street where streetcars ran. My friend boldly suggested that I steal money from Mother so we could ride a streetcar. The mere thought of a ride stirred my imagination, but I

썼다. 구구절절 셋방살이의 서러운 사정에 곁들여 시골서 조금만 보태 주시면 금융조합에서 융자라도 좀 얻고 해서 서울서 집값이 제일 싼 이 동네에다 집을 살 엄두를 한번 내보겠다는 사연이었다. 그건 엄마의 계획엔 들어 있지 않은 엄마 나름으론 대단한 양보였다. 엄마는 맨주먹으로 오빠를 공부시켜 성공을 거두어야 했고 내 집은 어떡하든 정작 서울인 문안에 사야 했다.

엄마는 시골에 나를 데리러 왔을 때 나무랄 데 없는 서울 사람이었지만 그건 엄마의 허구였다. 엄마는 문밖에 살면서 아직은 서울 사람이 못 됐다는 조바심과 열등감을 가지고 있었다. 엄마의 이런 문밖 의식을 위로하고, 문밖의 이웃을 툭하면 상종 못할 상것 취급을 하게 하는 것이 다름 아닌 엄마가 절망하고 경멸한 나머지 배반한 시골에 둔 근거라는 건 기묘한 상관관계였다. 엄마는 그 모순된 관계에서 헤어나기는커녕 점점 더 깊이 빠져들고 있었다.

낙서 사건은 또 당연하게 나를 그 땜장이 딸과 놀지 못하게 하는 좋은 구실이 됐다. 엄마와 오빠는 내가 마음 붙이는 건 뭐든지 나로부터 떼려 한다고 나는 생각했다. 그러나 이번에 마음을 붙인 건 먹을 거나 물건이 아니었다. 그건 친구였다. 그 아이는 아주 앳되고 구슬픈 소리로 나

mulled it over and said no. It was the first time I didn't go along with her suggestion and also it was the first time that I was proud of how I acted. She didn't seem to mind. She said it was all right with her because she'd ridden a streetcar many times before. I was relieved.

She said she'd teach me something more interesting than riding a streetcar. She crossed the street to the big yard. At the end of the yard were stairs leading to an iron gate and on both sides of the gate stretched an endless sky-high brick wall. This was the palace-like wall we could see from our alley. From the hill many buildings inside the wall were visible, but from the street where the streetcars passed all we could see was the wall.

More interesting than riding a streetcar was sliding down the grooved drains on either side of the stairs connecting the broad yard with the red wall. The drains were smooth and a perfect fit for a child's bottom. There were other neighborhood children who slid down them, letting out gleeful squeals. Sliding sent joyful thrills down my spine. I was so caught up in this play that I didn't notice when dusk fell. For the next several days I had such a good time on the slide that the bottom of my

와 놀자고 대문간에서 나를 불렀다. 그 소리만 들으면 나는 눈이 새앙쥐처럼 교활해지면서 엄마의 눈을 속일 기회를 잡으려고 온몸으로 조바심했다.

엄마는 나 들으라는 듯이 크게 한숨을 쉬면서 조금만 나가 놀다 들어오라는 허락을 내렸다. 내가 눈을 속이는 걸 보니 차라리 허락을 내리는 게 낫겠다는 엄마의 판단은 옳았다. 나는 내가 처음 사귄 그 아이한테 깊이 매혹당하고 있었다. 나는 그 아이를 따라서 조금씩 조금씩 집으로부터 멀리 벗어나기 시작했다. 생전 그 컷속을 익힐 수 있을 것 같지 않던 소삽한 골목과 층층다리와 비탈이 깨친 글자처럼 하나하나 분명해지기 시작했다. 컷속을 익힌 것만큼은 영락없이 자유로워질 수 있다는 것은 신나는 경험이었다. 나는 하루하루 집으로부터 멀리 떨어져 나갔다. 드디어 전찻길까지 구경을 나간 날, 그 아이는 엄마의 돈을 훔쳐다가 전차를 타 보지 않겠느냐는 당돌한 제안을 했다. 전차를 탄다는 건 생각만 해도 가슴이 울렁거리는 일이었다. 그러나 나는 한참 심각하게 생각하고 나서 싫다고 대답했다. 그 아이의 말에 동의 안 해 보긴 처음이었고 자기가 한 일에 그때만큼 스스로 만족해 보기도 처음이었다.

underwear was torn. I guess it wasn't as smooth as a real slide.

Mother was more understanding about the ruined bottoms of my underpants than I expected.

"Where did you tear your pants? "

"Down at the big house with a slide in it."

"Oh? I didn't know there was a kindergarten in this neighborhood. Don't play only on the slide from now on. You can go on the swings or on the monkey bars, too."

Mother was still obsessed with making her daughter a New Woman, but her voice was full of pain and regret; she had taken a large backyard in a country home away from me and made me a prisoner in a dirty rental room. She seemed relieved by the playground I had found all by myself, where I could romp as freely as I wanted.

She patched my underwear with a sturdy piece of cotton. Afterward I watched how other children glided down without damaging their clothes and figured out how to push with my weight on my feet so that my bottom didn't touch the slide. One day, while we were playing, a child shouted, "Jailbirds are coming!" All the children fled behind the gray building near the big yard. I didn't know what was

그 아이는 자기는 전차를 수없이 타 봤으니 괜찮다고 하면서 나의 거절에 조금도 마음을 상해하지 않았다. 다행한 일이었다.

그 아이는 전차 타는 것보다 더 재미있는 놀이를 가르쳐 주마고 하면서 전찻길을 건넜다. 전찻길 건너에는 너른 마당이 있었고 너른 마당에서 층층다리를 올라간 곳엔 큰길과 철대문이 보였고 철대문 좌우로 높디높은 벽돌담이 끝 간 데 없이 뻗어 있었다. 집마당만 나서면 곧장 내려다뵈던 바로 그 큰 대궐 같은 집 담장이었다. 위에서 내려다볼 땐 담장 속에 있는 여러 채의 큰 집들을 볼 수 있었지만 전찻길에서 쳐다본 그 집은 담장밖에 안 보였다.

전차 타는 것보다 더 재미있는 놀이란 한길 옆 너른 마당에서 큰 집의 붉은 담장까지를 잇는 층층다리 양쪽에 물이 흐르도록 패인 홀에서 미끄럼을 타는 것이었다. 그 홀은 아이들의 엉덩이가 들어갈 만큼 넓었고 바닥이 매끄러웠다. 우리뿐만 아니라 그 동네 아이들이 여럿 거기서 즐거운 환성을 지르면서 미끄럼틀을 타고 있었다. 미끄럼 타기는 꽁무니가 짜릿짜릿하도록 재미있는 놀이였다. 나는 그 놀이의 재미에 흠뻑 빠져서 날 저무는 줄 몰랐다. 며칠 그 짓에만 신명이 나다 보니 속바지 엉덩이가

happening, so I was the last to hide. I was so terrified that I had to do everything in my power to hold back tears and a scream. I didn't know exactly what "jailbirds" were, although I'd heard other children mentioning them before. It was the first time I saw them. Rather, I caught a quick glimpse of them. They seemed to exude a feeling of bad luck rather than they were frightening. I eyed them cautiously, and once again confirmed the ominous air drifting from them. They were wearing clothes the color of dried blood and walking with their heads bowed, chains clanking around their ankles. They looked exhausted.

Several men with swords hanging from their waists stood at a distance watching this tired, slow, endless procession moving along the red wall above the stairs. The jailbirds couldn't possibly harm anyone now, and they didn't seem to have the will or power to even try. Still, we children were scared out of our wits.

This terror had an almost superstitious nature. The gesture we used to shake off this feeling was no less superstitious. Some children spat, while others stamped their feet. Still others gave the finger just as country children did to a passing train and then

다 떨어지는 것도 모르고 있었다. 아무래도 정식 미끄럼틀이 아니었기 때문에 바닥이 고르게 매끄럽지 못했던 것 같다.

엄마는 속바지 엉덩이를 너덜너덜하게 해뜨린 것에 대해 내가 걱정했던 것보다 훨씬 너그러웠다.

"어디서 이 지경을 만들었어?"

"저 아래 미끄럼틀이 있는 큰 집에서."

"그래? 이 동네도 유치원이 있었나? 이제부터 너무 한 가지만 타지 말고 그네도 타고, 철봉 장난도 하고 놀렴."

아무리 신여성을 만들기 위해서라곤 하지만 어린 딸로부터 시골집의 넓은 후원과 여러 식구의 사랑을 무참히 빼앗고 더러운 단칸 셋방에 가두다시피 한 엄마로서의 뉘우침과 마음 아픔이 가득 밴 목소리였다. 내가 저절로 찾아낸 마음 놓고 뛰어놀 수 있는 놀이터를 여간 다행스러워하는 게 아니었다.

엄마는 내 해진 엉덩이에다 두터운 무명 헝겊을 안팎으로 대서 튼튼하게 기워 주었다. 그 후 나는 딴 애들은 어떻게 옷을 안 해뜨리고 타나를 눈치 봐 가며 엉덩이를 살짝 들고 발바닥에다 힘을 주고 타는 새로운 미끄럼 타기도 익히게 됐다.

grinned. I mimicked part of all these gestures in the confusion of the moment, but it didn't feel quite right.

Other children went on the slide again but I didn't feel like it. I trudged home.

"Mother, what's a jailbird?" I asked later.

"Why are you asking?" She was reluctant to answer. With a bored expression, she kept sewing. I told her about the jailbirds and the other children's reactions at the big house where I'd been sliding.

"Have you been playing at the prison all this time?" She was distraught, then grew quiet and pensive. Stripped of her usual dignity, she looked powerless and wretched. Unexpectedly I was sorry that Mother's pride was battered. I wanted to comfort her. She didn't look angry; instead, she seemed absent. Actually, Mother looked more vacant and sad after realizing that our neighborhood was in the vicinity of a prison than she did for having to live among hopeless good-for-nothings, undeserving of our company.

When she looked down on our neighbors as lesser human beings, she must have felt a glimmer of superiority. That her daughter had to use the prison for a playground must have been the last

어느 날, "전중이 온다!" 하고 한 아이가 고함을 치니까 모든 아이들이 일제히 도망가서 너른 마당에 있는 회색빛 건물 뒤에 숨는 사건이 있었다. 나는 영문을 몰라 맨 나중에 도망치면서 거의 악을 쓰고 울어 버릴 것 같은 심한 무서움증을 느꼈다. 나는 '전중이'란 말뜻은 잘 몰랐지만 아이들한테 몇 번 들은 적은 있었다. 그러나 보긴 처음이었다. 흘긋 보았을 뿐인데 그건 무섭다기보다는 불길했다. 회색빛 건물 뒤에 숨어서 좀 더 자세히 본 그 모습도 마찬가지였다. 말라붙은 핏빛 같은 옷을 입고 쇠사슬 같은 걸 철렁거리고 있었고, 고개를 푹 숙이고 걷는 게 몹시 지쳐 보였다. 중간중간에 칼 찬 사람들이 지키는 이 전중이의 힘없고 느릿느릿한 행렬은 층층다리 위 붉은 담장을 끼고 한없이 이어지고 있었다. 그들이 누굴 해칠 처지도 못됐지만 그럴 뜻이나 힘이 전혀 있어 뵈지도 않았다. 그럼에도 불구하고 우리는 간이 콩알만 해지는 것처럼 그들이 무서웠다. 그것은 거의 미신적인 공포감이었다. 그래서 그 공포에서 헤어나려는 몸짓도 다분히 미신적이었다. 어떤 아이는 침을 퉤퉤 뱉었고 어떤 아이는 발을 쾅쾅 굴렀다. 어떤 아이는 시골 아이들이 지나가는 기차에다 대고 하는 것 같은 이상한 주먹질을 하고 나서 씩 웃기도 했다.

straw. Her yearning toward the interior of the gates grew more insistent. This brought about a change in the elementary school I would go to. She suddenly found fault with the school the neighborhood children attended over in Muakchae, and insisted that I go to a school inside the gates.

In those days, schooling wasn't mandatory and entrance tests were required to get into elementary school. There were also school districts and attending a school outside one's district was prohibited. Mother began to search for relatives who lived in Seoul proper despite her earlier vow that she'd never visit them until her children had made it and she could live without having to envy anyone, even if it meant she had to endure it all alone, gritting her teeth. She tried to find someone on the other side of the gates, the same way someone might write on an envelope "To So-and-So near the South Gate in Seoul." Even Brother—a good, loyal son—didn't sympathize with Mother, muttering that she was going overboard, as he watched her running around looking for any distant relative who might live inside the gates near Hyŏnjŏ-dong.

Mother managed to locate some relatives who fit her requirements and transfer my registration to

나는 얼떨결에 아이들이 하는 짓을 조금씩 섞어서 흉내내 보았지만 마음으로부터 개운해지진 않았다.

아이들은 다시 미끄럼타기를 시작했지만 나는 다시 신명이 날 것 같지 않아 슬그머니 집으로 돌아왔다.

"엄마, 전중이가 뭐야?"

"건 왜?"

엄마는 대답하고 싶지 않은지 짐짓 시들한 얼굴을 하고 바느질만 계속했다. 나는 내가 줄창 미끄럼을 타고 놀던 큰 집에서 본 전중이들과 아이들이 일으킨 소동에 대해 이야기했다.

"그럼, 그럼 네가 여적지 나가 논 데가 감옥소 마당이었단 말이지?"

엄마는 한바탕 대경실색을 하고 나서 조용해졌다. 엄마는 뭔가를 골똘히 생각하는 것 같았다. 엄마를 엄마답게 보이게 하는 기품이 가신 엄마는 초라하고 불쌍해 보였다. 기품을 버티게 할 기력조차 없을 만큼 엄마의 자존심이 초죽음이 돼 있다는 게 엉뚱스럽게도 나에게 연민의 정을 불러일으켰다. 나는 엄마를 위로하고 싶었다. 그러나 엄마는 성이 나 있지 않으면서도 매사에 뜨악해 보였다. 엄마는 엄마 상식으로 바닥 상것으로 보이는 사람들

their address. Their house was in Sajik-dong and my intended school was Maedong Elementary School. Mother kept congratulating herself on her luck and mine that she found relatives inside the gates who lived within walking distance. I was disappointed, though, because the school wasn't far enough for me to go on a streetcar. If I couldn't ride a streetcar, I at least wanted to enter the city through the Independence Gate with my head held high, but to get to Maedong School I was supposed to climb over Inwang Mountain on the opposite side of the busy streets.

Like Mother, I was self-conscious about living outside the gates and had been looking forward to taking in the scenes of Seoul every day. I couldn't believe my bad luck; I had to commute on a road going in the opposite direction of Seoul's attractive, busy streets. I wasn't simply disappointed that I had to take a path over the hill to enter the interior of Seoul. I also felt uneasy.

It was no mean feat to get admitted to this unexciting school. Mother spent too much money on the dress I was to wear on the day of my entrance test. It was unbecoming and difficult for her to curry favor with the relatives who let us use

이 많이 살고 있는 동네라는 것보다는 감옥소와 이웃해 있는 동네라는 데 더 정이 떨어져서 그만 우두망찰하고 있었다. 하긴 남을 덮어놓고 바닥 상것으로 업신여기려면 그래도 우월감이라는 숨구멍이라도 틔어 있어야 하련만 어린 딸에게 감옥소 마당밖에 놀이터가 없다는 건 엄마에겐 막다른 비참함이었음직하다.

감옥소가 있는 문밖 동네에서 문안 동네를 바라보는 엄마의 눈길은 한층 절절해졌다. 그 절절한 소망은 불시에 나를 소학교 보내는 일에 큰 변경을 가져오고 말았다. 엄마는 그 동네 아이들이 다 가게 돼 있는 무악재고개 너머에 있는 학교를 갑자기 타박하면서 나를 꼭 문안에 있는 국민학교에 보내야 한다고 우기기 시작했다. 국민학교도 시험 쳐야 들어가는 시절이었지만, 학구제라는 게 있어서 함부로 타동네 학교를 지원하는 건 금지돼 있었다.

서울에 친척이 꽤 여러 군데 흩어져 살고 있었지만 아이들이 성공해서 여봐란 듯이 살게 될 때까지는 이를 악물고 아무도 안 찾아다니고 견딜 거라는 매서운 결심을 누차 우리 앞에서 다짐한 바까지 있는 엄마가 여기저기로 친척댁을 수소문해 나서기 시작했다. 문안이라도 현저동에서 가까운 문안에 사는 친척을 남대문 입납으로 찾아나

their address. But these tribulations were nothing compared with what I had to go through. From the day my name was registered at the new address, I was told to memorize it, but this didn't mean that I could forget our real address. If I was lost, I was supposed to tell people my real address. When I sat for the entrance interview or after I was admitted to school, I was supposed to remember our relatives' address. This was a real burden for me. It wasn't hard to remember two addresses, and the possibility that someone would ask for my address was remote. But Mother was literal-minded. She felt uncomfortable about forcing me to lie. She tested me often to see whether I would confuse the two addresses.

"Say you're lost now. Where do you live? Say you're in front of the teacher now. Where do you live?"

She was so worried about me getting confused that I began to make mistakes. Another problem was climbing down the valley from Hyŏnjŏ-dong to Sajik Park. The hill was thick with trees, and few people used the paths. There was a rumor that lepers had dug caves here and there and lived inside them. Mother exaggerated this rumor, for she wanted me to be mindful of lepers, so I was more

서는 엄마를 보자 오빠까지도 참 엄마도 주책이셔 하면서 쓴웃음 짓고 외면했다.

그러나 엄마는 그런 친척을 기어코 찾아내고 말았고 내 기류계는 그 댁으로 옮겨졌다. 그 댁은 사직동에 있었고 내가 가야 할 학교는 매동학교였다. 엄마는 걸어서도 갈 수 있는 가까운 문안에서 친척을 찾아낸 엄마의 요행과 나의 운을 두고두고 되뇌며 즐거워했다. 그러나 전차를 안 타고 갈 수 있는 학교라는 건 나에겐 여간 실망스러운 게 아니었다. 전차를 안 타고 걸어 다니려면 하다못해 독립문을 지나 당당히 문안으로 입성을 하는 기분이라도 맛보고 싶은데 매동학교는 어떻게 된 게 인왕산 줄기가 흘러내린 등성이를 넘어가야 한다는 거였다. 엄마를 닮아 어느 만큼은 문밖이라는 데 서울로부터의 소외 의식을 갖고 있던 나는 문안 학교 간다는 데 서울 구경에의 기대를 더 많이 걸고 있었다. 그런데 번화가 쪽과는 반대 방향의 산꼭대기 쪽으로 뚫린 문안 가는 길은 실망스럽다 못해 미덥지 못하기까지 했다.

별로 신명도 안 나는 문안 학교 가는 일을 위해 치러야 할 곤욕은 의외로 많았다. 엄마는 입학시험 날 입을 내 옷에 뜻밖에 과용을 하고 있었고 주소를 빌려준 친척댁한테

frightened by this hill than the one in the old story where a woman is swallowed whole by a tiger, the tiger that chants, "*Granny, Granny, if you give me a piece of rice cake, I won't eat you up.*"

The lepers were said to wear the kind of clothes beggars did in the countryside, press crumpled hats down on their foreheads to hide their hairless brows, grin with bluish lips, kidnap children and take them to their dark caves, carve out their scarlet livers to eat, and wipe their lips with the backs of their hands. The image of lepers tormented me in my nightmares.

For a long time, I fervently fantasized that I'd fail the entrance test. Even if I passed, I wished I could go to school accompanied by Mother or that I would fall gravely ill and be confined to bed. I changed my mind because Mother was so distressed when I gave her the wrong address on purpose or failed to give correct answers to the questions she made up to prepare me.

She pleaded with me, tears in her eyes. "Teaching a daughter is entirely different from teaching a son. This is for your own good, not for your family. When your brother makes it in the world, our family will enjoy the fruit of his success. If you

몸에 익지 않은 아부를 하기도 아니꼽고 힘든 일인 것 같았다. 그러나 나의 곤욕에 비하면 아무것도 아니었다. 나는 기류계 옮긴 날부터 친척댁 주소를 외워야 했는데 그렇다고 정작 살고 있는 주소를 잊어버려도 되는 건 아니었다. 길 잃었을 때는 정작 주소를 대야 하고 입학시험 칠 때나 학교 들어가고 나서 선생님한테 말씀 드릴 일이 있을 때는 가짜 주소를 대야 한다는 일은 나에게 적잖이 심리적 부담이 되었다. 실상 주소 두 군데쯤 외고 있는 게 그렇게 어려울 것은 없었고 실제로 주소를 대야 할 경우도 있을지 말지 했다. 그러나 엄마는 너무 고지식한 분이었다. 주소를 속였다는 걸 마음속으로 꺼림칙해 하고 있는 것만큼 내가 혹시나 두 가지 주소를 헛갈리는 실수를 할까 봐 자주자주 점검을 하려 들었다.

너 어디 살지? 지금 넌 집을 잃어버린 거야. 너 어디 살지? 지금 넌 선생님 앞이야. 이렇게 엄마는 내가 두 가지 주소를 헛갈리는 실수를 저지를까 봐 지나친 신경을 썼기 때문에 되레 그걸 헛갈리는 실수를 자주 저질렀다. 또 현저동에서 사직공원으로 넘어가는 등성이도 문제였다. 거긴 정작 인왕산보다 훨씬 수목이 우렁차고 사람의 왕래가 드물었다. 문둥이가 여기저기 굴을 파고 살고 있다고 소

study hard and become a New Woman, it's for your own good, nothing else. You must understand this, all right?"

Her eyes were filled with such fervor that I didn't have the heart to refuse or ignore her wishes. I still didn't know what Mother's New Woman did and thought I'd never find out. Mother had a fierce longing for knowledge and freedom. She had lost her husband by shamanism when he had that severe attack of indigestion, or maybe appendicitis, she had shaken off her responsibility to serve the family elders and perform ancestral ceremonies, and she despised the ignorance of people whose medicine for eye trouble was a leech. I was touched by Mother.

I passed the test. Mother informed my grandparents, exaggerating as if I had made it through a difficult civil service examination. They decided to be generous now that their only grandchildren had taken root in Seoul.

Back then—as it is today—the "fortune" raised by a moderately well-to-do household in the countryside was a mere trivial sum in Seoul. Mother managed to buy only a tiny house at the top of the hill in Hyŏnjŏ-dong, despite a loan that was almost

문나 있는 곳이었다. 엄마는 내가 문둥이를 경계하게 하려고 문둥이에 대한 소문을 과장해서 들려줬기 때문에 나는 그 고개가 할멈할멈 떡 하나 주면 안 잡아먹고 하면서 호랑이가 나오는 옛날 얘기 속의 고개보다 훨씬 더 무서웠다.

옷은 시골에서 본 각설이 떼처럼 입고 찌그러진 모자를 푹 눌러쓰고 웃으면서—왜냐면 눈썹이 없기 때문에 그걸 감추기 위해—시퍼런 입술로 딱 웃으면서 아이들을 꾀어서 어둡고 긴 그들의 동굴로 데려다가 새빨간 생간을 내어서 냠냠 먹고 입 싹 씻는다는 문둥이는 자주 나를 가위눌리게 했다. 나는 문안 학교를 떨어지든지, 붙더라도 엄마하고 같이 다닐 수 있는 동안까지만 다니고, 병이 나서 눕는 헛된 꿈을 얼마나 꾸었던가. 그러나 내가 주소를 일부러 헛갈려 대답하거나, 엄마가 입시를 위해 임의로 꾸며낸 이런저런 예상 문제를 제대로 못 맞췄을 때의 엄마의 실망은 대단해서 나는 엄마가 불쌍해서라도 마음을 고쳐먹지 않을 수가 없었다. 그럴 때 엄마는 눈물겹도록 간곡하게 나를 타일렀다.

"이것아, 계집애 공부시키는 건 아들 공부시키는 것하고 달라서 순전히 저 한 몸 좋으라고 시키는 거지 집안이

half the cost of the house, which she had secured from the banking cooperative. This house was located even higher up the hill than the one we rented, at the edge of the neighborhood inching up Inwang Mountain.

At least it had a tile roof. Mother still hated the neighborhood that crept to the top of the hill, but she had a special affection for this house. A sieve vendor had lived there before us, and the wallpaper was so splattered with bloody traces of squashed bedbugs that it was impossible to know what its original color had been.

"My goodness! Those people were bitten like this and still had blood left in their bodies? I can't believe it. It's disgusting!" Mother shuddered.

She took out all the doors and planks and washed them with caustic soda. The tiny bedbugs, emaciated after winter, rained down like dandruff.

"These bedbugs are shriveled but their mouths are still alive and well. Terrible, terrible! If their bellies are filled, my children will become just like these bugs."

Despite her disgust, Mother was proud of the new house she had managed to buy at the peak of the hill. She scrubbed all the way to the beams, sprayed

덕 보자고 시키는 거 아니다. 느이 오래비 성공하면 우리 집안이 다 일어나는 거지만 너 공부 많이 해서 신여성 되면 네 신세가 피는 거야. 이것아, 알았지?"

이럴 때 엄마의 눈빛은 도저히 거부하거나 비켜 갈 엄두가 나지 않을 만큼 절박한 열기를 담고 있었다. 나는 엄마가 바라는 신여성이 뭐 하는 건지 알 수가 없었고, 앞으로도 알게 될 것 같지가 않았다. 그러나 급체인지 맹장염인지 걸린 남편을 굿해서 고치려다 잃고 층층시하와 봉제사의 의무와 안질에 거머리가 약인 무지를 떨치고 도시로 나온 엄마의 지식과 자유스러움에 대한 피맺힌 원한과 갈망은 벅차고 뭉클한 느낌이 되어 전해 왔다.

이렇게 해서 나는 매동학교 시험을 치고 합격이 됐다. 엄마는 국민학교 합격을 마치 과거 급제처럼 과장해서 시골에다 알렸고 시골에서도 둘밖에 없는 손자 손녀가 서울에다 뿌리를 박은 바에야 며느리한테 너무 인색하게만 굴 수 없다는 판단을 내리게 된 모양이었다.

그러나 당시도 지금과 마찬가지로 겨우 사는 시골집에서 큰마음 먹고 큰돈 마련해 줘 봤댔자 서울선 푼돈이었다. 금융조합에서 집값의 절반은 융자를 받았건만도 우리가 살 수 있는 집은 역시 현저동 꼭대기였다. 세들어 살던

strong insecticide in every corner, and papered the walls and floors. Brother and I had not been happy at first with the ghastly look of the house but we now helped her. It was a delight to see the difference every day after school. On moving day, Mother bought a big iron pot and set it in the fireplace she herself had crafted. Mother was a jack of all trades—plasterer, paper hanger, and painter.

On the first night, as the three of us lay in bed side by side, Mother said in an emotional voice. "Finally, we've put a stake in Seoul, too. Though it's only outside the gates..."

The house was a very tiny six-room affair, each room of equal size, but it had everything—a main room, a square hallway, two other rooms, a kitchen, and a gateway. There was even a yard. The only fault was that the yard was triangular, not rectangular. Mother affectionately called it "our triangular yard." This new house didn't have a steep slope outside the gate, like the one we had rented. The longest side of the triangular yard was the back of another house and below it was an immensely steep stone embankment. When it rained at night, Brother frequently went out to check the embankment. He was worried that it might collapse. Mother

집에서도 오르막길로 더 올라가 동네가 인왕산 마루턱을 치받으면서 끝나는 데 있는 여섯 칸짜리 작은 집이었다. 그러나 어엿한 기와집이었다. 엄마는 땅 넓은 줄은 모르고 하늘 높은 줄만 알고 기어오르는 이 상상꼭대기 문밖 동네를 여전히 무시하고 지긋지긋해 했지만 새로 산 여섯 칸짜리 기와집만은 극진히 아끼고 사랑했다. 체장수가 살고 있던 이 집은 몇 년이 되었는지 본바탕을 알아볼 수 없는 도배지에 빈대 핏자국만이 끔찍하도록 낭자했다.

"맙소사. 이렇게 뜯기고도 이 집 식구들이 그래도 핏기가 남아 있었던 게 신기하다. 아이고 징그러라."

엄마는 문짝과 두껍닫이를 모조리 뜯어내서 양잿물로 닦아 내면서 이렇게 자주 진저리를 쳤다. 겨울을 나 껍데기만 남은 잗다란 빈대들이 우수수 무수한 비듬처럼 쏟아져 나왔다.

"이래 봬도 이것들이 다 입은 살아 있느니라. 아이고 무서라. 이것들이 다 배때기를 채우고 나면 대신 내 새끼들이 이 꼴 될 거 아닌가?"

엄마는 이렇게 몸서리를 치면서도 그 꼭대기에 새로 장만한 집이 대견해서 어쩔 줄을 몰랐다. 기둥 서까래까지 손수 양잿물로 닦아 내고 구석구석 독한 약을 뿌리고 도

pretended she didn't care. "What a worrywart you are for a boy! Why would it collapse while we're here? It's been all right so far."

There was nothing else to worry about. I planted flower seeds: balsams, rose mosses, and afternoon ladies. I became more of a loner. I grew distant from the tinker's daughter, and because I was the only one who went to the school inside the gates, the neighborhood children ignored me on purpose. Mother seemed to be happy about it. That could have been exactly what she had wanted all along. She was so envious of those who lived inside the gates that she wanted me to turn into a child who belonged there, a person of a different class from the neighborhood kids. This began from the moment she taught me to lie, although earlier she had emphasized that lying was bad. That was why she had gone through the complicated, degrading process of borrowing an address from our relatives, and that was why she had pushed me to walk that dangerous route along the hill to go to school despite the rumor that it was teeming with lepers.

Without realizing it, she made use of her children to reconcile the contradiction between her unattained utopia and the reality she faced. She was

배장판도 새로 했다. 집을 처음 산 걸 좋아하기보다는 저런 귀살스러운 집에서 어찌 살까 난감스럽기만 하던 오빠와 나도 매일매일 달라지는 재미에 학교만 갔다 오면 그 집에 붙어서 엄마를 거들게 됐다. 이사 가는 날은 커다란 무쇠솥을 새로 사서 엄마가 손수 부뚜막을 만들고 걸었다. 엄마는 미장이 도배장이 칠장이…… 못하는 게 없었다.

이사 간 날, 첫날 밤 세 식구가 나란히 누운 자리에서 엄마는 감개무량한 듯이 말했다.

"기어코 서울에도 말뚝을 박았구나. 비록 문밖이긴 하지만……."

비록 여섯 칸짜리 집이지만 없는 게 없었다. 안방·마루·건넌방·부엌·아랫방·대문간 이렇게 여섯 개의 방이 공평하게 한 간씩이었다. 마당도 있었다. 마당이 네모나지 않고 삼각형인 게 흠이었다. 엄마는 이런 마당을 '우리 괴불 마당'이란 애칭으로 불렀다. 새 집은 셋집처럼 대문 밖이 낭떠러지가 아니고 보통 골목인 대신 직삼각형 마당의 가장 변이 긴 쪽이 남의 집 뒤쪽으로 난 담인데 그 밑이 어마어마하게 높은 축대였다.

비가 오는 날 밤이면 오빠는 자주 잠을 깨서 들락거렸다. 축대가 무너질까 봐 잠이 안 온다는 것이었다. 엄마는

oblivious to the conflicts we had to deal with. I didn't have a friend in the neighborhood and I couldn't make friends at school, either. My classmates lived near the school, so they played with each other from the beginning. They fought among themselves, made new friends among themselves, and they were cliquish and cruel to a child outside their circle. From time to time, I looked at myself in the mirror, wondering how I looked different from the other kids and why they gave me the cold shoulder wherever I went. Did Mother ever imagine that the sense of superiority she had instilled in me in our neighborhood turned into inferiority just after I climbed down the hill? Inferiority and superiority were the same: both were feelings of being different.

The first-grade teacher fulfilled all the requirements of Mother's New Woman. She parted her hair only halfway and drew it back in the *hisashigami* style. She wore a white blouse, a black skirt, and high-heeled black shoes. When she came to school or went home, she carried a black handbag. I thought I could even believe that she knew all the ways of the world. No matter what difficult questions we asked, she never failed to answer

"녀석도 사내놈이 옹졸하긴…… 여지껏 멀쩡하던 축대가 하필 우리 살 때 무너질까" 하면서 태연한 체했다. 그밖엔 아무 걱정도 없었다.

나는 괴불 마당에 분꽃씨도 뿌리고 채송화씨도 뿌리고 봉숭아씨도 뿌렸다. 그러나 이사 가고 나서 나의 외톨이 신세는 좀 더 심해졌다. 땜장이 딸하고도 자연히 멀어졌고 나 혼자 매동학교를 다녔기 때문에 그 동네 학교를 다니는 아이들한테는 의식적인 따돌림을 받았다. 엄마는 되레 그걸 바란 것처럼 좋아하는 눈치였다. 문밖에 살면서 일편단심 문안에 연연한 엄마는 내가 그 동네 아이들과는 격이 다른 문안 애가 되길 바랐다. 딸에게 가장 나쁜 거라고 가르친 거짓말까지 시키게 해 가며, 또 친척의 주소를 빌리는 번거로움과 치사함을 참아 가면서 심지어는 문둥이가 득실댄다는 등성이를 매일 지나다녀야 하는 위험을 무릅쓰게 하고까지 굳이 문안 학교에 보내지 못해 한 엄마의 뜻은 처음부터 그런 데 있었으니까.

엄마는 자기가 미처 도달하지 못한 이상향과 당장 처한 현실과의 갈등을 부드럽게 하기 위해 부지불식간에 자식을 이용하고 있었지만 정작 자식이 겪는 갈등에 대해선 무지한 편이었다. 나는 동네에서도 친구가 없었지만 학교

them. Not only did she know everything, but also she loved everyone in class. Her freckled face was free of makeup, and she was always surrounded by the kids. With a throng of kids around, she had a hard time walking in the playground. She reminded me of a mother hen with her baby chicks. I bit my fingernails while watching this teacher who was the object of the children's respect and love. I chewed my nails during class and on my way to school and home; Mother didn't need to clip them. The teacher had only two hands and everyone wanted to hold them and not let go. The teacher, who loved everyone to the same degree, made an effort to hold every kid's hand.

"Who hasn't held my hand? Raise your hand."

"Me, me."

She spotted the hands that hadn't touched hers and stroked or squeezed them. I kept chewing my nails and never raised my hand. I didn't like the teacher. To begin with, I didn't like her unique sweet smile that seemed to say she loved everyone. I knew that the smile was fake because she couldn't possibly love me.

When the weather grew warm, I spent more time on Inwang Mountain. I loved the clean, cool,

에서도 친구를 사귀지 못했다. 학교 친구들은 모두 그 근처 아이들이었기 때문에 처음부터 저희들 끼리끼리였다. 그 끼리끼리가 저희들끼리 싸우고 바뀌고 편먹고 할 뿐이지, 처음부터 어떤 끼리끼리에도 안 속한 이질적인 아이에 대해선 배타적이고 냉혹했다. 나는 가끔 혼자서 거울을 보면서 내가 어디가 어떻게 남과 달라서 여기저기서 따돌림을 받나를 이상하게도 슬프게도 생각했다. 한동네 사는 애들하곤 격이 다르게 만들려고 엄마가 억지로 조성한 나의 우월감이 등성이 하나만 넘어가면 열등감이 된다는 걸 엄마는 한 번이라도 생각해 본 적이 있었을까? 우월감과 열등감은 다 같이 이질감이라는 것으로 서로 한통속이었다.

일 학년 담임선생은 내가 처음 만난 엄마가 말한 신여성의 구색을 한 몸에 갖춘 분이었다. 머리를 반가리마를 타서 뒤에서 히사시까미로 빗어 올리고 흰 하부다이 저고리에 검정 지리멘 통치마를 입고 까만 뾰죽 구두를 신었다. 출퇴근 때는 까만 핸드백을 들었다. 물론 이 세상 모든 이치를 모르는 거 없이 알고 있다는 것까지도 믿어도 될 것 같았다. 우리들이 물어보는 아무리 어려운 질문도 한 번도 대답 못한 적이 없었다. 선생님은 뭐든지 알고 있

refreshing stream there. In Hyŏnjŏ-dong, water was scarce. There were no faucets in the individual houses and all households had to carry water from the public faucets at the bottom of the hill. Those who didn't have enough manpower to fetch water hired a water carrier. My mother, jack of all trades, didn't know how to fit herself with a yoke to carry water. Even if she had known, it would have taken her half a day, waiting in line at the crowded faucets at the bottom of the steep stairs.

We slept without locking our gate, and the water carrier came in to pour water into our jars. As he made his way to our home, his bucket holder creaked. I'd be awakened by the approaching squeaks. The gate would open and the water would be dumped with a splash. Then I went back to sleep for another long stretch of time before dawn. Since we had to buy water, the clean water was for drinking and cooking only. Mother seemed determined not to miss even a drop of rain that fell onto our house. She collected it in every jar and every pot in her possession. We used this rainwater for bathing and washing clothes. Insects floating in the water would scare me. Mother skimmed them off with a sieve and insisted that I use the water.

을 뿐더러 누구든지 다 사랑했다. 약간 주근깨가 있는 화장 안 한 수수한 얼굴 가득 웃음을 띤 선생님 둘레엔 항상 많은 아이들이 따랐다. 운동장에서 여러 아이들에게 둘러싸여 걸음도 제대로 못 옮기는 선생님을 볼 때마다 나는 햇병아리를 거느린 암탉과 같다고 생각했다. 나는 멀찌감치서 아이들의 존경과 사랑을 독차지한 선생님을 바라보면서 손톱을 질겅질겅 씹었다. 나는 수업시간에도 등교나 하교시간에도 손톱을 씹었기 때문에 엄마가 따로 깎아 줄 필요가 없었다. 아이들은 누구나 다 선생님 손을 잡아 보고 싶어 했다. 선생님 손은 누구든지 잡고 싶어 하고 잡으면 놓지 않는데 선생님 손은 둘뿐이니까, 아이들을 어디까지나 고루 사랑하는 선생님은 번갈아 잡아 주려고 애썼다. 자아, 아직도 선생님 손 못 잡아 본 사람 손들어요. 그럼, 나요 나요 하고 아이들이 손을 들면 선생님은 그중에서 영락없이 정말 못 잡아 본 애 손만 가려내서 꼭 쥐어 주기도 하고 쓱쓱 어루만져 보기도 했다. 그러나 나는 열심히 손톱을 씹으면 씹었지 손을 들지 않았다.

나는 선생님이 마음에 들지 않았다. 무엇보다도 누구나 고루 사랑할 것 같은 선생님 특유의 상냥한 미소가 마음에 안 들었다. 나는 그것이 거짓이라는 걸 단언할 수가 있

We weren't allowed to drain the basin after washing our faces. We scrubbed our feet with it and then cleaned rags to wipe the floors. This dirty water was sprinkled over my flower garden at the corner of the triangular yard. Every morning Mother supervised the complete cycle of water usage, her face solemn.

Naturally, I was in heaven when I noticed the clear, clean brook in Inwang Valley after a heavy rain. When school was over, I climbed the mountain, washed my face and feet, and made my way further to the ruins of the fortress, where I looked down on the city. Later, I would take cleaning rags in a large bowl to the stream and launder them until they were spotless. Even when I was late coming home, Mother didn't say a word. I was free to play as long as I pleased. Sometimes, Mother gave me some socks with a cake of soap and said, "Don't use up too much soap and wash them really clean."

With my legs dangling in the clear water, I vigorously rubbed the laundry. When the exciting sound of a drum echoed from a shamanist temple nearby, I'd cock my head and wonder what life was all about. Then the tips of my fingers grew numb

었다. 왜냐하면 선생님이 나를 사랑할 리가 없기 때문이었다.

날이 더워지자 나는 인왕산 쪽에 정을 붙이기 시작했다. 현저동 일대에 물난리는 극심했다. 집집마다 수도라는 건 아예 있지도 않았기 때문에 물지게 질 만한 식구가 없는 집에선 물장수를 댔다. 미장이, 도배장이 다 능숙한 엄마도 물지게만은 못 졌다. 진다고 해도 물 한 지게 받으려면 한나절을 소비할 만큼 층층다리 아래 있는 공동 수도에는 물통이 온종일 장사진을 이루고 있었다. 물장수를 위해서 숫제 빗장 벗겨 놓고 잤다. 물장수의 물지게에선 삐걱삐걱 하는 독특한 소리가 났다. 삐걱삐걱 소리가 가까워지고 대문이 열리고, 철썩 물독에 물 붓는 소리를 듣고 잠이 깼다가도 단잠을 더 자야 날이 밝았다.

이렇게 사 먹는 물이니 겨우 식수나 하는 정도였다. 엄마는 비가 올 때마다 내 집으로 떨어진 빗물을 한 방울도 놓치지 않을 기세로 독독이, 그릇그릇, 받아 놓고 빨래도 하고, 세숫물로도 쓰게 했다. 세숫물에 장구벌레가 가득 들어 있어서 질겁을 하면 엄마는 체에다 바쳐서라도 그 물을 쓰게 했고 쓰고 나서도 한 방울도 버리진 못하게 했다. 세숫물로 다시 발을 씻고 발 씻은 물로 걸레를 빨고

and I felt like I was all grown up. One day while I was washing the rags, the water flowing from upstream suddenly turned bloody. I held my breath and waited until the water turned a little clearer. Even after the water was clean again, I was apprehensive. My curiosity about the lepers who gouged out children's livers and rinsed them in the water was much greater than my fear. I tiptoed up along the stream through the bushes. Not far away, a girl who was a little bigger than me was lying on a rock. She was singing—evidence that her liver hadn't been stolen. It was a sad, teary song. The wide rock was covered with washed, worn-out cloths, but they weren't clothing or cleaning rags. There were still traces of dark blood on the hemp fabric.

The girl shot me a friendly smile.

"What are these?" I asked.

"Stupid. You don't know? Pads. My mother's."

I didn't know what pads were but I nodded readily because I didn't like to be considered stupid. I returned to my spot.

At home, I told Mother what I'd seen at the stream and asked what the pads were. She didn't tell me but began to grumble again about "good-for-nothings

걸레 빤 물은 괴불 마당 구석에 있는 나의 꽃밭에 뿌리는 물의 완전 이용 과정을 엄마는 아침마다 엄숙한 얼굴로 감시를 했다.

그러다 장마가 끝난 후의 인왕산 골짜기를 흐르는 맑은 물을 보니 환장을 하게 좋았다. 나는 학교만 파하면 인왕산으로 올라가서 시냇물에 세수도 하고, 발도 씻고 성터까지 올라가 바람을 쐬면서 서울 장안을 굽어보기도 했다. 그러다가 걸레 같은 걸 대야에 담아 가지고 올라가 말갛게 헹구어 가면 엄마를 기쁘게 해 드릴 수 있을 뿐더러 아무리 오래 놀다 와도 야단을 안 맞을 수 있다는 것도 알게 되었다. 엄마는 가끔 비누 조각에다 양말 같은 걸 얹어 주면서 "비누 아껴 쓰고 박박 부며 빨아 온" 하기까지 했다. 인왕산 빨래터의 맑은 물에 두 다리 담그고 앉아 빨래를 부비는데 저만치 국사당에서 덩더꿍덩더꿍 굿하는 소리라도 나면 나는 고개를 갸우뚱하면서 사람 사는 거란 무엇일까 하는 황당한 생각이 생각답지 않게 손끝을 저리게 하는 어른스러운 기분을 느끼곤 했다.

어느 날인가 걸레를 헹구고 있는데 상류에서 탁한 핏빛 물이 흘러 내려오기 시작했다. 나는 숨을 죽이고 그것이 대충 맑아질 때까지 기다렸다. 다시 맑은 물이 흐른 후에

undeserving of our company."

"Now I've heard everything! As if it's not shameful enough to wash dirty things in broad daylight outdoors, they make their daughters wash them! Among good-for-nothings, they're the lowest of the low, undeserving of our company. Don't go to the mountain. I can't afford to let children out in this neighborhood, not even for a minute."

I was sick of that overused phrase, "good-for-nothings, the lowest of the low." The girl who lay on the flat rock, looking up at the clouds and singing a plaintive song, far from being low, was pleasing to look at. I envied her because she seemed so relaxed and easygoing, while I was always anxious, as if being chased by something.

Even after Mother became the owner of the house with the triangular yard, she didn't hesitate to judge our neighbors as "good-for-nothings" or the "lowest of the low" and try to shield me from them. I couldn't go to the mountain to wash rags any more. Instead I went for walks. But when I told Mother I'd been offered rice cakes at the shamanist temple and had eaten them, she forbade me to go to the mountain at all. Now Inwang Mountain behind us and the prison in front of us were off-limits for me.

도 신경줄이 당기는 것 같은 긴장은 계속됐다. 어린아이의 간을 내서 맑은 물에 헹구는 눈썹 없는 문둥이의 모습을 내 눈으로 보고 싶다는 호기심은 결국 무서움증을 능가했다. 나는 발소리를 죽여 가며 물줄기를 피해 수풀을 헤치며 상류 쪽으로 올라가기 시작했다. 얼마 안 올라가 저만큼 냇가 너른 바위에 나보다 약간 큰 소녀가 누워 있는 게 눈에 띄었다. 소녀는 간을 아무에게도 빼앗기지 않았다는 표시로 노래를 부르고 있었다. 무슨 노래인지 애틋하고 청승맞았다. 소녀가 앉은 너른 바위는 온통 빨래로 뒤덮였는데 옷도 아니고 걸레도 아닌 낡아빠진 헝겊 조각들이었다. 베헝겊에는 아직도 검붉은 핏자국 흔적이 얼룩져 있었다. 나는 그걸 자세히 보기 위해 가까이 갔다. 소녀가 붙임성 있게 웃었다.

"그게 뭐니?"

"바보, 그것도 몰라. 서답이야. 우리 엄마 거!"

나는 서답이 뭔지 몰랐지만 바보 취급당하기 싫어 알은 체하며 고개를 끄덕이고 내 빨래터로 내려왔다.

그날 나는 엄마한테 산에서 보고 들은 대로 얘기하고 서답에 대해 물었다. 엄마는 서답이 뭔지는 안 가르쳐 주고 그 상종 못할 상것들 타령을 했다.

I couldn't figure out what standards Mother used in judging our neighbors as acceptable people deserving of our company, "good-for-nothings," or the "lowest of the low." At times it seemed to have something to do with their family names, their economic status, or their jobs, and at other times it seemed to have nothing to do with any of these. It seemed a whimsical classification.

For instance, everyone in the neighborhood, even those whom Mother considered the "lowest of the low," called the water carrier "Kim" and used a lower form of speech with him. Mother addressed him as "Grandfather Kim" and used a respectful form. The customers took turns feeding the water carrier and our turn came around once a month. Other people didn't make a big deal out of it. They usually served him kimchi, rice, and soup on a small tray placed at the end of the hallway or in the kitchen. But Mother made a great fuss. As if she were throwing a party, she cooked delicacies and served him in our room. Sometimes she broiled beef and at other times stewed fish. She prepared several vegetable dishes and put out salty fermented seafood. She packed rice down into a large bowl, with the amount outside the bowl larger than the

"세상에 맙소사. 더러운 빨래를 백주에 한데서 빠는 것도 망측한데 딸년을 시켜서 빨다니, 상것들 중에서도 상종 못할 바닥 쌍것들이로구나. 이제부터 다시 산에 가지 마라. 세상에 어떻게 된 놈의 동네가 아이들을 한시반시 문밖에 내놓을 수가 없다니까."

나는 엄마가 남용하는 바닥 상것들이란 말에 역겨움을 느꼈다. 너른 바위 위에 번듯이 누워 흐르는 구름을 보면서 애달픈 목소리로 노래를 부르던 소녀의 모습은 상티하곤 다르게 보기 좋은 것이었다. 늘 어떤 조바심 같은 것에 쫓기고 있는 나는 소녀의 구김살 없는 천연스러움에 부러움을 느끼고 있었다.

괴불 마당 집주인이 된 후에도 엄마는 초가집에서 세들어 살 때와 마찬가지로 이웃을 상것 아니면 바닥 상것으로 평하길 서슴지 않았고 나를 그들로부터 고립시키려고 애썼다. 나는 걸레를 빨러 산에 갈 수 없었고 빈손으로 슬슬 바람 쐬러 가던 것도 국사당에서 굿 구경하고 떡 얻어먹은 일이 무슨 말끝엔가 탄로가 나서 아예 금족령이 내렸다. 뒤에는 인왕산, 앞에는 감옥소가 다 나의 출입 금지 구역이었다.

엄마가 이웃을 상종해도 괜찮을 이웃과 상것, 바닥 상

portion inside, they way country folk served farmhands.

The old water seller feasted on these treats, rubbed his hands, and bowed. "Thanks to you, my birthday seems to come once a month." He seemed to return her favor by delivering an extra bucket of water for us on holidays or other special occasions.

I wondered why Mother, who was so haughty to other people, addressed the water carrier—whom even neighborhood children addressed as Kim, using a lower form of speech—so politely and fed him better than she did Brother. I couldn't fathom it. I knew he was a widower and of course Mother was a widow. I was mortified, just imagining that Mother might like him. The mere thought of it was humiliating to no end. Once I began to think along these lines, I couldn't shake off this suspicion, as if I were possessed.

Every morning when water splashed outside, I fumbled around and clutched Mother by her arm under the shoulder. This wasn't an affectionate gesture. I was afraid she would sneak out to meet him. I couldn't stand it any longer, so I divulged my secret thoughts to Brother. He grinned broadly and said, "Mother respects him. Do you know why? He's

것의 세 가지로 나누는 기준은 들쑥날쑥해서 일정치 않았다. 성씨나 사는 형편, 말의 직업하고 관계가 있는 것도 같고 없는 것도 같았다. 기분 내키는 대로였고 또 매우 변덕스러웠다.

동네 사람들마다 엄마가 바닥 상것으로 치부해 놓은 사람들까지 다 김서방이라고 부르고, '하게'로, 하대하는 늙은 물장수를 엄마는 김씨 할아버지라고 불렀고 '하세요'라는 존댓말을 썼다. 물장수는 대개 단골집에서 번갈아 가며 먹이게 돼 있어서 그 차례가 한 달에 한 번쯤 돌아왔다. 개다리소반에다 김치하고 국이나 한 그릇 놔서 부엌 바닥이나 툇마루 끝에서 먹이면 됐지 그걸로 신경 쓰는 집은 별로 없었다. 그러나 엄마는 한 달에 한 번 그날은 무슨 잔칫날처럼 벼르다가 휘어지게 차려서 건넌방 아랫목으로 불러들였다. 고기를 볶을 때도 있고 동태나 비웃 찌개를 할 때도 있었다. 나물도 몇 가지 오르고 짭짤한 젓갈도 올랐다. 밥은 시골에서 일꾼밥 푸는 솜씨 그대로 밥그릇 속의 밥보다 위로 올라앉은 밥이 더 많게 고봉으로 꽉 눌러 펐다. 물장수 영감은 배불리 먹고 나서 손을 부비면서 마님 덕에 매달 한 번씩 소인 생일이굽쇼, 하면서 굽실댔다. 그 대신 영감도 명절이라든가, 집에 무슨 큰일이

sending two of his sons to college by selling water. You know what college is, right? The college is a prestigious school, where they wear berets and carry leather briefcases."

My suspicions about Mother vanished instantly. She also respected the head of the neighborhood association, a tall man. Her respect for him, however, seemed to be much less than her respect for the water carrier. His surname was Shim, of Chŏngsong, and he might have been related on my Mother's maternal side. She said it was a disgrace to tell him about the connection, though, because they were living in such a squalid neighborhood. What was the point of talking about the glorious past? She respected him quietly, but one day she happened to see him make a speech in front of some women. She saw that he joked and laughed too much, and her respect turned to contempt. He was immediately labeled a "good-for-nothing."

Summer vacation came around. Mother bought some fabric for me at a night market and went to the Hwashin Department Store. She picked out a pretty dress, touched it, and measured it with her eyes as if she were going to buy it. Then she came home and copied the dress she'd studied. She took

낀 것 같은 날엔 말없이 물을 한 지게 더 길어다가 여벌독에 부어 주는 선심으로 보답하는 것 같았다. 한때, 나는 동네 아이들까지 김서방 김서방 하면서 하게, 아니면 반말로 하대하는 영감을 거만한 엄마가 무엇 때문에 깍듯이 존대하고 오빠보다도 잘 먹이려드는지 이해할 수가 없어 심각한 고민에 빠진 적이 있었다. 나는 그 영감이 홀아비라는 걸 알고 있었고 엄마는 과부였기 때문이다. 엄마가 물장수 김서방을 좋아할지도 모른다는 건 생각만 해도 치가 떨리는 치욕이었다. 무슨 마가 낀 것처럼 한번 그런 생각이 들자 도무지 떨쳐지지가 않았다. 나는 아침에 철썩하는 물 붓는 소리에 깨어나면 얼른 엄마 먼저 더듬어 찾아 겨드랑 밑으로 손을 돌려 꼭 안았지만 애정 표시가 아니라 물장수 만나러 가는 걸 훼방 놓기 위해서였다.

기어코 오빠에게 나의 고민을 털어놓았다. 오빠는 씩 웃으면서 말했다.

"엄마는 김서방 할아버질 존경한단다. 왜 줄 아니? 김서방 할아버진 물장수 노릇을 해서 아들을 둘씩이나 전문학교에 보내고 있거든. 전문학교 너도 알지? 사각모 쓰고 가죽 가방 들고 다니는 높은 학교 말야."

나의 엄마에 대한 의심은 어이없이 사그라졌다. 엄마는

me for a ride in a streetcar for a tour of the city. She also took me to the zoo for the first time. Mother tried to force-feed me the city at such a pace that it was difficult to absorb everything. Just as she made us respect our countryside pedigree as our best quality while living in Hyŏnjŏ-dong, she made us race through the city sights just as we were about to return to Pakchŏk Hamlet.

I didn't have the eye to judge whether Mother's dress suited me or not. She declared that she, who could sew the most difficult traditional long linen coat to perfection, would have no problem putting together a simple Western-style dress. Her confidence deflected any criticism. When Grandfather glanced at me in that dress, he commented that I looked like a fiddler in a circus. I didn't wear that dress again until the day we returned to Seoul after our vacation.

During winter vacation, Mother presented me with more dramatic attributes of a city girl. She borrowed a rabbit-fur collar and a pair of skates from a relative. It was one thing to wear a rabbit-fur collar, but Mother draped the skates over my shoulder and said, "Don't go sledding. Go skating." I had seen people skating a few times and it sure looked like a

김서방 말고도 또 키다리 구장을 존경했었는데 나 보기엔 김서방을 존경하는 것만큼은 훨씬 못 미치는 것 같았다. 키다리 구장은 청송 심씨인데 엄마의 외가 쪽으로 따져 보니까 연줄이 닿을 만한 게 근거 있는 집안 자손이 분명하지만 이런 데서 이런 꼴로 살면서 알은체하는 건 피차가 욕인 것 같아 속으로만 알아주고 있다는 것이었다. 그러나 구장이 여반장들을 모아 놓고 연설할 때 너무 헤프게 웃고 농지거리하는 걸 엄마한테 들키고부턴 속으로만 알아주던 존경이 당장 상것이란 경멸로 변하고 말았다.

여름방학이 되었다. 엄마는 나를 위해서 야시장에서 옷감을 끊어다가 화신상회에 가서 예쁜 옷을 골라서 살 것처럼 만져보고, 뒤집어보고 대강 눈대중을 해다가 그대로 만들기 시작했다. 그뿐 아니라 나를 전차를 태워서 서울 장안을 한 바퀴 돌렸고 처음으로 동물원 구경까지 시켜주었다. 뭔가 한꺼번에 수용하긴 벅차고 고될 만큼 엄마는 나에게 대처라는 걸 대량으로 주입시키려 들었다.

현저동에 살면서 박적골의 근거를 가장 으뜸가는 품성으로 숭배하고 지킬 것을 강요했듯이, 박적골로 돌아가려는 마당에선 대처 티를 무작정 날조하려 들었다.

엄마가 만든 원피스가 나에게 어울리는지 꼴불견인지

fantastic skill. I thought the skill came part and parcel with the skates.

In front of the house was a small field for vegetables and beyond it was a road leading to the entrance of the village. Across the road were rice paddies. The village kids were sledding on the frozen paddies. I put on the magic skates and slipped to the center with poise, but I couldn't balance on them and my legs went in opposite directions. I was dancing in place, trying not to fall down. The other kids gathered around me and watched my strange performance. The one who saved me from this fiasco was our servant. He put me on his back without a word and ran to the house. He laid me down in Grandfather's room, of all places. Grandfather struck me on the top of my head with his long pipe. Sparks seemed to fly.

"You, you're such a foolish girl. We sent you to the city to learn what they call the New Study, and here you are performing a sword dance like a shaman on Tŏngmul Mountain. Was that what they taught you? It was a mistake to send a girl to the city. Bringing shame to our family!"

My head was on fire, but I couldn't suppress a laugh. It was odd. I couldn't help laughing at

분간할 안목이 나에겐 없었다. 모시 두루마기도 그림같이 짓는 내 솜씨가 그까짓 내리닫이 못 지을까 하는 엄마의 장담은 감히 비평을 불허했다.

그러나 할아버지는 내 옷차림을 흘긋 일별만 하시고도 곡마단에서 깽깽이 치는 년 같군, 하는 혹평을 하셨다. 나는 그 옷을 다신 안 입고 여름방학을 보내고 나서 서울로 돌아오는 날 다시 꺼내 입었다. 겨울방학 땐 엄마는 좀 더 요란하게 나에게 서울 티를 내 주었다. 엄마는 친척집에서 토끼털 목도리와 스케이트를 얻어 왔다. 토끼털 목도리는 목에만 두르면 그만이지만 스케이트는 한 번도 타 본 일이 없는 걸 어깨에다 척 걸어 주면서 썰매 타지 말고 그걸 타고 놀라고 일러 주는 것이었다. 나는 스케이트를 남이 타는 걸 한두 번 본 적이 있는데 정말로 황홀한 묘기였다. 나는 그런 묘기의 비결이 그 날 달린 구두에 전적으로 달린 줄 알았다.

사랑 마당 앞엔 텃밭이 있었고, 텃밭 너머론 동구 밖으로 지나는 길이 지나가고 있었고, 그 길 건너가 논이었다. 꽁꽁 얼어붙은 논바닥에선 마을 개구쟁이들이 신나게 썰매를 타고 있었다. 나는 그 요술 구두를 신고 자신 있게 그 한가운데로 미끄러져 들어가려 했지만 웬걸, 몸의 중

Grandfather, whose imagination reached only as far as a shaman dance. Tŏngmul Mountain housed the shrine for General Ch'oe Yŏng, the renowned warrior of centuries ago, and the shaman's sword dance was famous. I also felt sorry for him. His view was as narrow as that of a frog living in a small well. I had seen and learned a lot of things, and yet Grandfather would think that our village was the whole world until the day he died. This wasn't a proper thought for a small girl; it was a sign of city life.

For our trip back to Seoul after winter vacation, Grandmother wrapped up crispy sesame rice-cookies and peanut rice-cookies she had made with special care, and told me to give them to my teacher. In Seoul, Mother arranged them in a pretty box and wrapped it in a scarf. I didn't give this gift to my teacher. I took the girls with whom I had become friendly to Sajik Park and shared the cookies with them. The teacher deserved revenge. She pretended she loved everyone in class but didn't even notice there was a child in her class who had never touched her hand. The taste of revenge was sweeter and more delicious than the sesame cookies, but a bitter aftertaste, not from the

심도 못 잡은 데다가 가랑이는 양쪽으로 벌어져, 넘어지지나 않으려고 헛된 제자리 춤을 추는 게 고작이었다. 썰매를 타던 개구쟁이들이 이 신기한 구경을 하려고 내 주위로 미끄러져 왔다. 나를 이 곤경에서 구해 준 건 집의 머슴이었다. 머슴은 다짜고짜 나를 업더니 정경정경 집으로 뛰어간 것까지는 좋았는데 하필이면 사랑의 할아버지 방에다 내려놓는 것이었다.

할아버지의 장죽이 내 정수리를 연타했다. 번쩍번쩍 불꽃이 튀기는 것 같았다.

"요년, 요 고얀년, 신식 공분지 뭔지 시킨다길래 대처로 내놓았더니 기껏 배웠다는 게 덕물산 무당의 작두춤이냐 뭐냐? 허어 해괴한지고? 암만해도 집안 망신을 시키려고 계집앨 대처로 내놓았는가 부다."

나는 정수리에서 불이 번쩍번쩍 나는 판국에도 웃음이 북받치는 걸 참을 수가 없었다. 별일이었다. 기껏 상상력의 한계가 덕물산 무당의 작두춤인 할아버지가 그렇게 우스웠다. 덕물산이란 송도에 있는 최영 장군을 모신 사당이 있는 산으로 거기 무당의 작두춤은 유명했다. 그 이유는 지당했다. 그러면서도 한편 할아버지가 우물 안의 개구리처럼 불쌍하기도 했다. 나는 벌써 별의별 걸 다 배우

cookies, stayed with me for a long time.

Believing that we would move inside the gates when Brother made it in the world, and that things were only temporary until that day, Mother had put her first stake in that house on the steep hill. But we were bound there for the next ten years. Brother graduated from school and found employment at a big company. He was filial to Mother as always, but he wasn't a big enough success to buy a house inside the gates.

By then Mother had stopped sewing for a living. Toward the end of World War II, she had to frequent Songdo. She went there so she could feed us more than bean dregs, the only food available in Seoul. Since the Japanese searched every passenger for smuggled rice, she traveled without luggage. The only difference was that my slender mother returned from the countryside as fat as a round moon. She usually took a night train and arrived a little before midnight. She squatted down under the lamp covered for wartime blackouts and pulled small bags from her breasts, her belly, her waist, and from under her knees, and poured them into a bucket.

I watched her through the slits of my eyes,

고 다 구경했는데 할아버지는 돌아가시는 날까지 박적골을 천하 삼고 못 벗어나다가 돌아가시겠지 하는 처량한 생각은 어린 계집애에겐 가당치 않은 거였지만 대처 물 먹은 티이기도 했다.

그해 겨울방학이 끝나고 서울로 돌아올 땐 할머니가 특별히 정성들여 만드신 깨강정하고 땅콩강정을 싸 주시면서 담임 선생님께 갖다 드리라고 하셨다. 그걸 다시 서울서 엄마가 예쁜 상자에 담아서 보자기에 싸 주셨지만 나는 그걸 선생님께 갖다 드리지 않았다. 그사이 조금씩 사귄 친구들을 사직공원으로 데리고 가서 나눠 먹어 버리고 말았다. 골고루 다 귀여워하는 척하지만, 실은 자기 반에 한 번도 자기 손을 못 잡아 본 애가 있다는 것도 까맣게 모르고 있을 선생님의 위선을 복수한 맛이 깨강정 맛보다 더 고소하고 달콤했으나 깨강정에는 없는 씁쓸한 뒷맛은 오래도록 남아 있었다.

오빠가 성공하면 곧 문안으로 들어갈 것을 믿고 임시적으로 인왕산 마루턱에 박은 말뚝에 우리는 그 후에도 십 년이나 매어 살았다. 오빠는 학교를 졸업하고 큰 회사에 취직도 하고 효성도 여전히 극진했으나 문안에다 번듯한 집을 살 만큼의 성공은 못됐다. 엄마는 겨우 바느질품팔

pretending to sleep. I had to clamp my teeth to push down the frustration and despair rising from my throat. Until then I had never understood the old saying that our bellies dictated everything. Mother's project was dangerous. There was a rumor that the Japanese police would stab chubby women to see if they smuggled rice on their bodies. In such frenzies, pregnant women were said to have been stabbed in the stomach. At rural train stations, Japanese police carried a stick with a metal tip, which terrorized Koreans. The metal was none other than the spade-like object used at rice stores so customers could sample rice from different sacks. The times being what they were, this metal tool was now an object of terror to many people and stories about its use as a menacing weapon circulated widely.

Mother also brought back a rumor that in our village a clerk in the local government office had pushed his stick into a rice sack and withdrawn it to find blood and a bit of flesh. The story was that a man avoiding conscription in the military was hiding in the sack, where he met a tragic end.

When I entered junior high school, Japan was in its waning days, people were hostile, and the future

이를 놓았을 뿐 2차대전이 막바지로 접어들자 우리들 콩깻묵밥 안 먹이려고 자주 송도 왕래를 해야 했다. 기차간에서의 쌀 수색이 심해지자 엄마는 빈 몸으로 갔다가 빈 몸으로 돌아왔다. 달라진 게 있다면 호리호리한 엄마가 대보름만 하게 뚱뚱해져 돌아오는 거였다. 대개 밤기차를 탔기 때문에 자정 못미처 돌아온 엄마가 등화관제용 갓이 내려진 어두운 전등 밑에 쭈그리고 앉아 배나 허리, 젖가슴, 정강이 등 여기저기서 올망졸망한 쌀자루를 꺼내 양동이에 쏟아 붓는 걸 실눈 뜨고 보고 있으면 절망과 슬픔이 목구멍까지 괴어 와서 이를 악물곤 했다. 엄마의 그 짓은 아주 위험한 짓이었다. 목구멍이 포도청이란 말이 그때만큼 절실했던 적도 없으리라. 일본 순사가 뚱뚱한 여자만 보면 창으로 찔러 본다는 소문이 파다했다. 임신한 여자의 배를 찔렀다는 끔찍한 소문도 있었다. 실지로 시골 정거장마다 장대 끝에 이상한 쇠붙이를 매단 걸 든 순사가 나타나서 승객들을 전전긍긍하게 하는 일은 자주 있었다. 이상한 쇠붙이라야 별게 아닌 싸전에서 손님들한테 쌀의 품질을 보여 줄 때 쓰는 쌀가마를 푹 찌르면서 쌀을 떠낼 수 있도록 꽂삽 비슷하게 생긴 연장이었지만 때가 때이니만큼 공포의 대상이었고 엽기적인 소문이 붙어 다

was uncertain. I had stopped believing that story about lepers eating children's livers, but in comparison to the nightmares I suffered—a policeman driving a spear into Mother's stomach—the leper story seemed romantic.

Toward the end of the war, we were scared about the conscription of young women into the Japanese Army's Comfort Women Corps. As Mother and Brother discussed the situation in hushed voices deep into the night, damp despair enveloped me and I wondered why I had ever been born. Where had she shelved her obsession about making me a New Woman? She was reduced to telling Brother that I was too young to marry off, but too old to be exempt from conscription as a comfort woman. To calm her down, Brother kept saying, "No, that's not true," or "As I said, that's not true."

We finally had to leave the house by which Mother had so determinedly staked her first claim in Seoul, but it wasn't to move to a new house inside the gates as she had once hoped. We could no longer resist the latest order issued by the Japanese, who were losing the war and demanded, as their final harassment, that Koreans evacuate the city. We went back to our hometown.

넜다.

시골 우리 면에서도 면서기가 그걸 가지고 집집마다 돌면서 쌀을 감춰 뒀음 직한 데를 함부로 찌르다 어떤 볏짚더미 속에서 피와 살이 묻어 나왔다는 참혹한 소문도 엄마는 가져왔다. 징용을 피해 다니던 남자가 그 속에 숨어 있다가 그런 변을 당했다는 거였다.

일본이 망해 가면서 인심이 흉흉하고 내일을 모르게 불안할 무렵 나는 중학생이 돼 있었다. 나는 이미 문둥이가 어린이 간을 내먹는다는 소문은 믿지 않았지만 순사의 창이 엄마의 배를 찌르는 악몽에 비하면 그게 도리어 낭만적이었다.

막판엔 여자정신대의 공포까지 겹쳤다. 엄마가 오빠하고 밤늦도록 내 머리맡에서 두런두런 내 걱정하는 소리를 들으면서 난 세상에 왜 태어났을까 싶은 눅눅한 절망감을 맛보곤 했다. 엄마는 신여성에의 그 집념을 언다 접어 두었는지 오빠 붙들고 의논하는 소리가 기껏, 시집보내자니 너무 이르고 정신대 안 걸리기엔 나이 갔다는 한탄이었다. 과묵한 오빠는 간간히 그렇잖아요, 글쎄 그렇잖다니까요, 하는 정도의 짧은 위로를 하는 게 고작이었다.

결국 엄마가 악착같이 최초의 말뚝을 박고 서울 살림의

Liberation from Japan came half a year later. Brother returned to Seoul, made some money during the social confusion of the post-war era, and bought a house inside the gates as Mother had so ardently wished. Later, we grew more prosperous and moved to better houses.

We never forgot our first house with the triangular yard in Hyŏnjŏ-dong. Mother, especially, as she grew older, measured everything against our days in that house.

She would say to us, "We're rich now, aren't we, compared to our old days in that house, don't you think?" Then she would add, "We should be more frugal, remembering those days, if nothing else."

At times she grew nostalgic about "those days" and said that they were the good old days. And she reevaluated our neighbors whom she had once dismissed as the lowest of the low. She said, "They were really guileless."

Strangely, the Mother who missed the good old days had lost the dignity she used to have when she strove to make a living, holding her head high and looking down on her neighbors as "good-for-nothings." Mother was now an old woman who could remember the old days like yesterday but

기틀을 마련하던 곳을 뜨지 않으면 안 되었는데 그건 엄마의 당초의 소망대로 문안의 좋은 집을 사서 가는 이사가 아니었다. 패색 짙은 일본의 마지막 성화인 소개령에 못 이겨 솔선해서 시골로 피난을 떠났다.

피난살이 반년 만에 해방이 되었는데 먼저 상경한 오빠는 북새통에 돈을 좀 벌었는지 문안의 평지에다 집을 장만해서 엄마의 소원을 풀어 드렸다. 그 후 살림은 순조롭게 늘어나 좀 더 나은 집으로 이사도 여러 번 다녔다.

그러나 우린 현저동 괴불 마당 집을 잊지 못했다. 특히 어머니는 늙어 갈수록 그게 심했다. 무엇이든지 그 시절하고 대보려 드셨다.

이 아들아, 그때에다 대면 우린 지금 큰 부자 됐지? 하시기 위해서도 괴불 마당 집을 잊지 못하셨지만, 그때 생각을 해서라도 아껴 써야 하느니라 하시기 위해서도 잊지 못하셨다. 또 가끔 그때가 좋았느니라고 그리워도 하시고 그때 한사코 바닥 상것들 취급을 하던 이웃들을 뭐니뭐니 해도 그 사람들이야말로 진국이었지, 하고 뒤늦게 재평가를 하시기도 했다.

이상하게도 그때를 그리시는 어머니는 그때 거기서 고생하시면서 이웃을 함부로 상것들 취급하는 것으로 자존

couldn't recall where she had put her purse a moment ago. This change saddened me. I wondered if what Mother had lost was her roots. The roots she had now were the house with the triangular-yard in Hyŏnjŏ-dong, instead of her life in our country home at Pakchŏk Hamlet.

Mother kept saying, "Compared to the past, we're rich now, aren't we?" As long as she didn't stop comparing, we were still tied to that first stake. If we had been free, we'd have had no need to make a comparison. To measure everything against those old days was like suddenly measuring a length of rope still tied to the stake while unwinding it.

There may be no better adjective than *dazzling* to describe the changes in Seoul after liberation. It's said that if you lived abroad for three years—not even ten years, mind you, as in the old saying that even mountains and rivers change in ten years' time—you couldn't find your old neighborhood. But the neighborhood with the triangular-yard house always remained the same. This didn't strike me as odd. The first stake Mother had put in the city was a monument for us. It seemed only natural that this monument wouldn't change, though it could age and grow mossy.

심을 지키던 때 같은 터무니없는 귀골스러움을 잃고 계셨다. 어머니는 예전 생각은 잘 나도 금방 돈지갑을 언다 놓았는지는 아득한 노쇠한 어른일 뿐이었다. 우리는 그게 쓸쓸했다. 어머니가 정작 잃은 건 근거가 아닐까 하는 생각도 들었다. 어머니에게 지금 남아 있는 근거는 박적골 시절이 아니라 현저동 괴불 마당 집인지도 몰랐다.

어머니가 아무리 그때에다 대면 지금 큰 부자 됐지? 하시지만 그때하고 비교하는 마음을 버리시지 않는 한 우린 그 최초의 말뚝에 매인 셈이었다. 놓여났다면 구태여 대볼 리가 없었다. 어느 만큼 달라졌나 대본다는 건 한끝을 말뚝에 걸고 새끼줄을 풀다가 문득 그 길이를 재 보는 격이었다.

해방 후 서울의 변화처럼 눈부시다는 형용사를 잘 받는 말도 없으리라. 십 년은커녕 삼 년만 외국을 갔다 와도 살던 동네를 못 찾는다는 말도 있다. 그러나 그 괴불 마당 집이 있는 동네는 늘 그대로였다. 나는 그게 조금도 이상하지 않았다. 어머니가 이 고장에 최초로 박은 말뚝은 우리에겐 뜻깊은 기념비이므로 기념비는 이끼 끼거나 퇴락할 순 있어도 발전은 없는 건 당연하였다.

몇 달 전 친구들과 택시로 영천을 지난 적이 있다. 그곳

Some months ago, I passed by Yŏngchŏn, near our old neighborhood, in a taxi on an outing to the suburbs with my friends. Whenever I had passed it, I would look up the hill with secret affection and memories. On that particular day, however, my heart sank. The neighborhood around the triangular-yard house had been turned into a construction site; they were putting up some cheap townhouses. I had to admit that the neighborhood had stayed the same for too long. Even to the eye of that country girl forty years ago, it had looked squalid and disorderly, and until now the poverty and congestion hadn't changed at all. Seeing the signs of change, however, I felt empty for the whole day. It was as if I had lost the last unchanging thing in the midst of spinning transformation.

On my way back home that afternoon, I said goodbye to my friends at Yŏngchŏn. I began to climb to where we had once lived. The roads had changed a lot, but the red brick house we used to call Hwasan School was still there, so it was easy to find my way. I was certain that the neighborhood of the triangular-yard house was exactly where the townhouses were being built, blocking the view of the mountain. A chilly breeze blew through my

을 지날 때면 언제나 그렇듯이 나는 나만의 은밀한 애정과 감회를 가지고 현저동을 쳐다보다가 그 동네의 변화에 가슴이 덜컥 내려앉고 말았다. 괴불 마당이 있던 근처에 연립주택이 들어서고 있는 게 아닌가. 실상 그 동넨 너무 오래 변하지 않았었다. 사십여 년 전 서울 갓 올라온 촌뜨기의 눈에도 구질구질하고 무질서해 보이던 궁상과 밀집이 오늘날까지 계속되었으니 말이다. 그런데도 그게 비로소 변화하려는 조짐을 보고 내려앉은 가슴은 그날 온종일 허전한 채였다. 그건 하도 잘 변하는 것들 속에서 홀로 변하지 않았으므로 기념비가 되었던 마지막 걸 잃은 마음이었다.

그날 오후 집으로 돌아오는 길에 나는 친구들하고 영천에서 헤어져서 그 동네의 예전 길을 더듬어 올라가기 시작했다. 길이 많이 변했지만 우리가 살 때 화산 학교라고 부르던 붉은 벽돌집이 예전 그대로의 모습으로 남아 있어서 눈대중 삼기에 편했다. 틀림없었다. 괴불 마당 집이 있던 근처에 연립주택이 병풍처럼 들어서서 인왕산을 쳐다보지도 못하게 가리고 있었다. 나는 가슴 속을 소슬바람이 부는 것 같은 감상에 젖으며 그 근처를 헛되이 배회했다.

엄마의 말뚝은 뽑힌 것이다.

heart as I wandered around.

Mother's stake had been pulled out, at last.

I wanted to walk the path I had taken to school so long ago. To me the hill had been my commuting route, but to Mother it had been a fortress separating "inside the gates" from "outside the gates." Now it was simply a green patch in the middle of the city. When I arrived at the point leading down to the valley, I was stopped by a fortress wall. This newly built wall came down from Inwang Mountain toward West Gate, and had a small opening in the middle. Now, vividly before me, was concrete evidence of "inside" and "outside" the gates. Who would have imagined in the old days that I would experience this division as concretely as I did now?

Through the opening there was some barbed wire and the path was overgrown with lush greenery that did not welcome human feet. There wasn't a "No Trespassing" sign, but it still felt like a forbidden place. I looked at the forest through the opening, more primeval now than when lepers were rumored to roam around. I imagined that the Demilitarized Zone looked exactly like this. I gave up the idea of climbing the hill on the old path. Instead, I walked down toward Sajik Tunnel along the fortress wall.

나는 오래간만에 실로 오래간만에 나의 어린 시절의 통학로였던 길을 걷고 싶다고 생각했다. 나에겐 통학로였지만 어머니에겐 문안과 문밖을 가로막는 성벽도 되었던 등성이는 지금 도시 한가운데의 작은 녹지일 뿐이었다. 그러나 현저동 꼭대기가 끝나고 등성이를 넘어가는 길로 접어들려고 하자 성벽이 가로막는 게 아닌가. 신축된 성벽은 인왕산으로부터 흘러 내려와 서대문 쪽까지 이어지고 있었는데 옛 길이 있던 곳엔 성벽의 문이 나 있었다. 어머니가 그토록 상상을 하시던 문안 문밖의 구체적인 모습을 지금 와서 볼 줄이야. 그러나 문안 쪽으론 또 한 겹 철조망이 쳐진 채 길은 없어지고 사람의 발길을 거부하는 것 같은 푸르름만이 충충하게 괴어 있었다. 들어오지 말란 팻말 같은 건 못 봤는데도 나는 그 속을 금단의 지역처럼 느꼈다. 문둥이가 득시글거린다고 일컬어지던 예전보다 한층 미개해진 수풀 속을 바라다만 보면서 나는 한 번도 가보지 못한 휴전선을 연상했다.

나는 옛날의 등성이를 넘기를 단념하고 새로 쌓아 내려가고 있는 성벽을 따라 사직 터널 방향으로 내려왔다.

샌들 속으로 모래가 들어온 걸 벗어서 털면서 나는 문득 실소를 터뜨렸다. 어머니가 낯설고 바늘 끝도 안 들어

I took off my sandals to shake out the sand. Then I burst out laughing, remembering Mother's notion of a New Woman, the New Woman she had so ardently wished me to become, hammering down a stake into a place so inhospitable even a needle couldn't penetrate it. Now I was more than stylish compared to that image Mother once dreamed for me.

But how far am I from the things Mother thought possible for a New Woman? Her belief was audacious in those days and still is. Mother's unreasonableness didn't stop there. She encouraged me to think nothing of what I had encountered in the city, constantly speaking of our glorious past in the countryside. But she made us behave like city dwellers when we were back in our hometown. The conflicts between the old-fashioned appearance of the New Woman Mother had dreamed for me and her hopelessly high ideals, and the contradiction between Mother's classy pedigree and her snobbish vanity, the everlasting mentality of someone outside the gates—these are still aspects of my mentality too. The stake was still there. No matter how far I thought I had come, I was only at the end of a rope being unwound from that stake.

가게 척박한 땅에다가 아등바등 말뚝을 박으시면서 나에게 제발 되어지이다라고 그렇게도 간절히 바란 신여성보다 지금 나는 너무 멋쟁이가 돼 있지 않은가. 그러나 신여성이 할 수 있는 일이라고 어머니가 생각한 것으로부터는 얼마나 얼토당토않게 못 미쳐 있는가. 엄마의 생각은 그 당시에도 당돌했지만 현재에도 역시 당돌했다. 엄마의 억지는 그뿐이 아니었다. 나로 하여금 끊임없이 근거를 심어 줌으로써 도시에서 만난 웬만한 걸 덮어 놓고 무시하도록 부추기다가도 근거의 고향으로 돌아가신 서울내기 흉내를 내도록 조종했다.

어머니가 세운 신여성이란 것의 기준이 되었던 너무 뒤떨어진 외양과 터무니없이 높은 이상과의 갈등, 점잖은 근거와 속된 허영과의 모순, 영원한 문밖 의식, 그건 아직도 나의 의식 내용이었다. 그러고 보니 나의 의식은 아직도 말뚝을 가지고 있었다. 제아무리 멀리 벗어난 것 같아도 말뚝이 풀어준 새끼줄 길이일 것이다.

새로 복원된 성벽이 도로와 만나면서 끊어지는 데서 나는 성벽과 갈라섰다. 성벽은 길 건너로 다시 이어지고 있었다. 갈라지면서 돌아다본 성벽은 꼭 신흥 부잣집 담장 같았다. 아아, 내가 오빠한테 회초리를 맞던 허물어진 성

Where the rebuilt fortress wall intersected the street, I took the street. The wall continued again on the other side. When I looked back, it looked like a wall of the newly rich. Ahh, now where was the moss-covered rock on the ruined fortress where I'd been spanked by Brother?

The expression "New Woman" that I remembered wasn't old or new. It was as absurd and meaningless as a rebuilt fortress wall. I'll try not to dig it up in the future. And I felt we shouldn't deny our past, either.

Translated by Yu Young-nan

터의 이끼 낀 돌은 지금 어디 있는 것일까?

나는 내가 아직도 잊지 않고 있는 '신여성'이란 말을 마치 복원한 성벽처럼 옛것도 아닌 것이, 새것도 못되는 우스꽝스럽고도 무의미한 억지라고 느꼈다. 나는 앞으로 다시는 그것을 복구하지 않을 것이다. 그건 지나간 세월 역시 부정되어선 안 될 것 같았다.

『엄마의 말뚝』, 세계사, 2002(1980)

해설

Afterword

한국문학의 빛나는 말뚝

이경재(문학평론가)

「엄마의 말뚝」은 연작소설이다. 「엄마의 말뚝 1」은 1980년에, 「엄마의 말뚝 2」는 1981년에, 「엄마의 말뚝 3」은 1991년에 발표되었다. 이 작품은 작가의 자전적 소설로, 고향인 개풍의 박적골을 떠나 서울에 정착하여 살던 시절부터 참혹했던 한국전쟁을 거치고 어머니가 돌아가실 때까지의 이야기를 담고 있다.

「엄마의 말뚝 1」은 남편을 잃은 한 여성이 고향을 떠나, 어린 오누이와 함께 서울에서 억척스러운 의지로 집 한 채를 마련하기까지의 과정을 그리고 있다. '나'의 아버지가 제대로 치료도 받지 못하고 급사하자, 어머니는 서둘러서 오빠를 데리고 서울로 떠난다. '나'는 박적골에서 조

The monumental stake in Korean literature

Lee Kyung-jae (literary critic)

Pak Wan-sŏ's novel *Mother's Stake* is composed of three short stories. *Mother's Stake I* was originally published in the 1980, *Mother's Stake II* in the 1981, and *Mother's Stake III* in the 1991. These three stories that comprise *Mother's Stake*, an autobiographical novel, describe the life story of the author's mother after she left her home village, Bagjeoggol for Seoul, in which she endured the Korean War and died decades later.

Mother's Stake I describes the life of a widow from when she leaves home with her son and daughter until she manages to buy a small house in Seoul. After the sudden death of her husband from an

부모의 보호 아래 행복한 유년을 보내지만, 어느 날 어머니는 "공부를 많이 해서 마음먹은 건 뭐든지 마음대로 할 수 있는 여자"인 신여성이 되어야 한다며 '나'를 서울로 데려간다. 그들 가족이 셋방살이를 시작한 곳은 서울 현저동 꼭대기 상자 같은 집이다. 어머니는 그곳에서 기생옷 바느질을 하며 힘들게 생활을 해 나간다. 어머니의 신앙인 오빠가 주인집 아저씨에게 모욕을 당하자 어머니는 시골집의 도움과 금융조합의 융자를 받아 현저동에 작은 집을 마련한다. 사대문 밖이기는 하지만 기어이 서울에 말뚝을 박은 것이다. 나중에 오빠가 학교를 졸업하고 취직을 하여 사대문 안 평지에 집을 장만하지만, 어머니는 두고두고 현저동 시절을 그리워한다.

이 작품에서 가장 흥미로운 것은 어머니의 이중적인 의식이다. 어머니는 박적골 시가에 가서는 서울 사람 행세를 하며 자신의 우월감을 드러내고, 현저동 사람들 앞에서는 시골의 근거를 내세우며 그들을 바닥 상것이라고 무시한다. 어머니는 시골과 서울 모두에 속하는 존재인 척하면서 양쪽 세계 모두에 대하여 우월감을 드러냈지만, 실상 양쪽 세계 어디에도 속하지 못한 경계인에 불과했다. 어머니가 보여 준 우월감 역시 사실은 열등감의 전도

untreated illness, the narrator's mother leaves for Seoul with her son, the narrator's elder brother. The narrator leads a happy childhood life in Bagjeoggol in the care of her grandparents, but her mother reappears one day and takes her to Seoul, telling her that she should become a new woman, "a woman who can do everything she wants to do, because she studied a lot." The family rents a room in a small house on a hilltop in Hyŏnjŏ-dong, a poor area. The mother works as a seamstress for entertainment girls, barely making ends meet. After the landlord insults her son, who is almost a religion for her, she buys a small house with the help of her husband's family and a loan from a credit union. Although this house is outside the four great walls of Seoul, it means she is still able to put down stakes in Seoul. Even after the narrator's brother graduates from school, gets a job, and buys a house on some flat land in a more affluent area within the four great walls of Seoul, her mother often misses the house in Hyŏnjŏ-dong.

The most interesting element in this short story is the ambiguity of the mother's consciousness. She feels superior to the villagers in Bagjeoggol when she visits them, because she now lives in Seoul, and

된 표현이었던 것이다. 이 작품의 어머니는 전근대에서 근대로 나아가던 당대 한국인들의 분열적인 의식구조를 전형적으로 보여 준다고 할 수 있다.

「엄마의 말뚝 2」는 가족이 한국전쟁으로 인해 받은 상처를 기록한 작품이다. 이 상처의 한복판에는 오빠의 죽음이 놓여 있다. 의용군으로 끌려갔던 오빠는 육신과 정신이 망가져서 도망쳐 온다. 중공군이 서울을 빼앗자 가족은 예전에 살던 현저동 동네에 숨어 지낸다. 그러다가 결국 인민군에게 발각되어 오빠는 참혹한 죽음을 맞는다. 몇십 년의 세월이 지난 후 어머니는 대수술을 받고 마취에서 깨어나는 과정에서, 인민군에 의해 살해당하던 오빠의 비참했던 최후를 그대로 재연한다. 오빠를 숨기는 시늉을 하기도 하고, "그놈이 또 온다, 안 된다 이노옴"이라고 호통을 치기도 한다. 마취에서 깨어난 다음 날 어머니는 오빠에게 했던 것처럼, 자신도 화장(火葬)을 해서 고향땅이 보이는 강화도 바닷가에 뿌려 달라고 부탁한다. 이것은 한국전쟁이 얼마나 끔찍했던 대사건인지, 그리고 그 상처가 얼마나 오랫동안 지속되며 사람들을 괴롭혔는지를 증언하는 퍼포먼스라 할 수 있다. 오빠의 죽음은 어머니에게 또 하나의 말뚝이었던 것이다.

in Seoul she looks down on the people in Hyŏnjŏ-dong, calling them ill-bred, because she originally came from landed aristocracy. Although the mother thinks that she belongs to both the countryside and Seoul, and feels superior to both, she is, in fact, living on the margins, belonging to neither. Her superiority complex is simply the other side of her inferiority complex. The mother in this story shows a divided consciousness, typical of Koreans at the time, in a period of transition from the pre-modern to the modern world.

Mother's Stake II records a trauma inflicted on the narrator's family during the Korean War. At the center of this trauma is the death of the narrator's brother. Deserting the North Korean army, which he was forced to join, he returned completely destroyed in mind and body. When North Korean troops reoccupy Seoul after Chinese volunteers join them, the family hides in a house in Hyŏnjŏ-dong, the area in which they used to live. North Korean troops quickly discover them, however, and the narrator's brother dies a cruel death at their hands. Decades later, after a major operation, the narrator's mother, in a trance, reenacts her son's brutal murder, now pretending to hide him and now

연작의 마지막 편인 「엄마의 말뚝 3」은 대수술 이후로도 칠 년을 더 살다 죽은 어머니가 자신의 뜻과는 달리 서울 근교의 공원묘지에 묻히기까지를 기록한 이야기이다. 어머니의 죽음을 처리하는 방식에 있어 '나'의 조카는 매우 단호하다. 절대로 그의 아버지처럼 화장해서 뼛가루를 바다에 뿌릴 수 없다는 것이었다. 조카는 "내가 싫은 건 할머니나 고모의 그런 유난스런 한풀이를 지금 이 시점에서 되풀이하는 거란 말예요"라며 반발한다. 결국 어머니는 공원묘지에 묻힌다. 삼우제 날 다시 찾은 산소에서 '나'는 어머니의 이름이 새겨진 말뚝을 쳐다본다. 그 순간 '나'는 "딸아, 괜찮다 괜찮아, 그까짓 몸 아무데 누우면 어떠냐. 너희들이 마련해 준 데가 곧 내 잠자리인 것을"이라는 목소리를 듣는다. 어머니는 드디어 영원한 안식의 말뚝을 얻게 된 것이다. 이 작품은 전쟁을 체험하지 못한 세대인 조카가 할머니의 죽음을 받아들이는 방식을 통해, 한국전쟁의 상처가 비로소 아물어질 수 있는 하나의 가능성을 제시하고 있다.

박완서의 『엄마의 말뚝』 연작은 한 소녀의 성장 과정을 그린 성장소설이면서, 한국 사회가 걸어온 지난 시절을 충실하게 재현한 사실주의의 성격을 동시에 지니고 있다.

yelling "There he comes again. No, don't!" After she wakes from anesthesia, she tells her daughter that she wishes to be cremated and have her ashes scattered on the sea near Kanghwa Island, from which the family's hometown is vaguely visible, where they scattered her son's ashes. This is a kind of performance testifying to the horrendous nature of the Korean War and to the long-lasting impact its trauma has had on people's lives. The death of her son was another stake for the mother.

Mother's Stake III, the last in the series, deals with the mother's burial in a park cemetery against her wishes, seven years after her operation. The narrator's nephew is very firm about the way in which the body of the deceased should be handled. He refuses to scatter his grandmother's ashes at sea like his father's, saying, "I do not want to repeat that kind of fussy indulging of your grudge and your grandmother's at this time." In the end, the narrator also agrees to bury her mother in the park cemetery. On the day of the third ceremony after the burial, the narrator visits her mother's grave and looks at the gravestone, yet another stake for her mother. She hears her mother's voice at that very moment: "Daughter, it's O.K., it doesn't matter where I lay my

소녀의 성장에는 근대화로의 진입과 한국전쟁이라는 현대사의 핵심적인 사건이 존재하기 때문이다. 이러한 중요한 사회사적 사건을 박완서는 개인의 체험에 의존하여 서사화하는 데 성공하고 있다. 이 작품은 한국문학사에서도 결코 뽑아 버릴 수 없는 기념비적인 말뚝임이 분명하다.

body. Wherever you lay me is my bed." Mother had determined her final stake of rest at last. This story suggests that a way to heal the trauma of the Korean War is the way the narrator's nephew deals with his grandmother's death.

Pak Wan-sŏ's *Mother's Stake* series is simultaneously a bildungsroman that describes a girl's coming of age and a realist novel that represents the history of Korean modernity. The girl's evolution is inextricably intertwined with the country's modernization and the Korean War. Pak successfully embodies these two historical milestones in Korea in a deeply personal story. This novel is a monumental stake in the history of Korean literature that can never be pulled out.

비평의 목소리

Critical Acclaim

박완서의 『엄마의 말뚝』은 북쪽에 고향을 둔 한 가족사의 특수성을 이 민족과 이 시대의 특수성에서 유려하게 파악함으로써, 소설 속의 인물의 특성을 시대의 특성으로 이끌어 냄으로써 높은 수준의 성과를 거두었다. 특히 이 작가의 유려한 문체와 빈틈없는 언어 구사는 가히 천의무봉이라 할 만한 것으로 우리 소설사에 기여하는 바가 크다고 인정된다. 개인과 민족의 관계가 오직 가족사 속에서 깊게 파악됨으로써 추상적이기 쉬운 분단 문제가 새로운 양상으로 전개되었음은 이 작가의 삶을 바라보는 눈과 그것이 형상화하는 작가의 능력이 함께 높은 경지임을 말해 주는 것이다.

김윤식

The lives of the characters in *Mother's Stake* are superb representations of the essential nature of their era; this history of a family displaced from the northern region of the Korean peninsula reflects the history of an entire nation. Moreover, it is no exaggeration to say that the author's descriptions, flawlessly accurate and elegant, have contributed greatly to the development of Korean prose. Delving deeply into the relationship between the individual and the nation through the history of one family, Pak breaks new ground in this fictional representation of the division of the country, proving that her eye for human lives and her ability

『엄마의 말뚝』은 어머니 세대의 여인이 가지고 있는 말뚝과 오늘날의 여인이 가지고 있는 말뚝을 대비시켜 보여준다. 먼저, 오늘날의 여인인 '나'의 말뚝을 생각해 보자. 그것은 가정이라는 울타리 속에서 자신의 존재를 상실한 주인공의 삶을 절묘하게 드러내는 소설적 장치이다. 그러니까 '나'의 말뚝이란 가정이라는 울타리인 셈이다. '나'는 그 말뚝에 매여서 '나' 자신의 인생을 찾을 수가 없다. 이에 비하여 어머니의 말뚝은 훨씬 참혹하다. 어머니는 홀몸으로 오빠와 '나'를 키웠다. 오빠는 어머니의 전부요, 오히려 그 이상이다. 그런데 오빠는 좌익과 우익의 틈바구니 속에서 전쟁 때 비참하게 죽었다. 이 오빠에 대한 애통함이 어머니의 말뚝이다. 어머니는 이 말뚝을 감추어오고 있었지만, 뜻밖의 사고로 다리 수술을 받으면서(수술 과정의 마취 때문에 그 잠재의식이 껍질을 뚫고 튀어나온다) 자신도 모르게 드러내게 된다. 어머니가 아흔이 다 된 연세에도 불구하고 여태껏 굳세게 살아온 것이라든가 또 그 연세에 수술을 성공적으로 받을 수 있었던 것은 모두 오빠에 대한 집념 때문이었다. 그러니까 어머니의 말뚝이란 바로 오빠에 대한 애정, 다시 말해 원한 맺힌 분단 상처인 셈이다. 이 두 가지 말뚝이 바로 이 작품의 핵

to portray them are both on the highest possible plane.

Kim Yun-sik

Mother's Stake compares and contrasts the stakes that women of our mothers' generation and our own have in their lives. First, consider the stake for the narrator, a woman of our generation: here the "stake" is in itself a great novelistic device for revealing the nature of her life as someone who loses her identity, for she is literally locked up inside a house, behind a fence. In other words, the narrator's stake is the enclosure called family. By comparison, her mother's stake is far crueler. The mother raised a daughter—the narrator—and a son by herself as a widow. This son is everything—and more—to her. He died a miserable death, caught up in the violence between left and right during the war. Sorrow for her dead son is this mother's stake. She has hidden it well, but reveals it unintentionally (her subconscious only emerging under anesthesia) during surgery on her leg following an accident. It is only thanks to her love for her son that she survives the operation although she is nearly ninety. In other words, this mother's stake is nothing other

심이다. 이 말뚝들의 중첩과 구속 속에서 오늘의 삶이 이루어지고 있다는 것, 여기에 작가의 메시지가 담겨 있다.

이남호

박완서의『엄마의 말뚝』연작은 우리 시대 '억척 어멈'의 삶의 기록, 그것도 나라가 식민지로 전락한 시기부터 해방과 한국전쟁, 그리고 그 이후 지금까지 지속되는 분단의 현실을 살아온 한 여성의 삶의 기록이다. 이 연작에 대한 여러 비평적 접근이 한국 근대사와 여성, 혹은 더 나아가 역사와 여성의 상관성에 대한 규명으로 이어지고 있는 것은 바로 이런 맥락에서 이해된다. 바로 이 작품의 주인공이 보여 주듯이, 우리 시대 어머니들의 몸과 마음은 그야말로 한국 근대사의 진행 과정이 고스란히 각인되어 살아 있는 육체이자 표본이기 때문이다. 그만큼 박완서의『엄마의 말뚝』연작은 페미니즘의 다양한 문제의식들을 살펴보기에 좋은 텍스트라고 할 수 있다.

김경수

than her love for her son, i.e. her heartfelt sorrow from a trauma inflicted upon her by the division of her country. These two stakes are the very essence of this story. The author's message is that we live today in the midst of these two overlapping stakes in life, inevitably conditioned by them.

Yi Nam-ho

Pak Wan-sŏ's *Mother's Stake* records the life of a "Mother Courage" of our time, a woman who has lived through Korea's tumultuous modern history, from colonization through liberation and the Korean War to the current state of division. As a result, critical approaches to this story have touched upon the two themes of modern Korean history and women's lives, as well as the relationship between them. As the main character's story shows, the minds and bodies of the mothers of our time are the bodies and subjects upon which the process of modern Korean history is literally and thoroughly inscribed. Thus, Pak Wan-sŏ's *Mother's Stake* is also a great text for examining various aspects of modern Korean women's lives, i.e. the concerns of contemporary feminist studies.

Kim Kyung-soo

박완서

작가 박완서는 1931년 경기도 개풍에서 태어났다. 1950년 서울대학교 국어국문학과에 입학한 그녀는 그해 한국전쟁이 발발하면서 학교를 그만두게 되었다. 1970년에는 자신의 체험을 기반으로 한 장편소설 『나목』이 《여성동아》 현상모집에 당선되어 문단에 데뷔하였다. 40세라는 늦은 나이에 등단하기까지 그녀는 전기 쓰기를 여러 차례 경험했다고 술회했다. 이 과정에서 문학이 지닌 상상력과 사실의 재현 사이의 관계에 대한 삶의 통찰을 얻을 수 있었으며, 그의 등단작은 그런 통찰의 결실이었다는 것이다.

그는 초기 작품에서부터 중산층의 생활양식에 대한 비판과 풍자를 감행한다. 이는 그의 날카로운 인간 군상에 대한 관찰력과 누구에게도 뒤지지 않는 필력 때문이었다. 특히 여성의 시선에 의해 포착되는 중산층 가정의 다양한 인물형과 그들의 내면 갈등은 박완서만의 장기이자 그만의 독특한 소설 세계를 형성하는 데 중요한 역할을 한다. 『도시의 흉년』(1977), 『휘청거리는 오후』(1977), 『목마른 계절』(1978) 등의 장편소설에서 사회적 단위 집단으로서

Pak Wan-sŏ

Pak Wan-sŏ was born in Kaep'ung, Kyŏnggi-do, in 1931. Although she entered the Department of Korean Language and Literature at Seoul National University in 1950, she gave up her college education after the outbreak of the Korean War in June the same year. She made her literary debut at the age of forty with her autobiographical novel *Naked Tree*, which won the *Yosong Dong-a* New Novel Competition in 1970. According to Pak, she practiced writing fiction by trying her hand at writing biographies. She remembers that she acquired insights into the relationship between imagination and representation through this process of writing biographies.

One of Pak's major areas of interest was the newly emerging middle-class and their life style in Korea. She directed pointed criticism towards and satirized the Korean middle-class in her works, based on her keen observation and in an especially forceful style. Pak's novelistic world is uniquely full of various types of characters belonging to the middle class

의 가족 구성의 원리와 그 구성원들 사이의 관계를 질문한다. 그것은 산업화 과정을 통해 변해 가는 사회적, 혹은 윤리적 가치 기준을 모색하는 것이기도 하다.

한편으로는 전쟁과 분단으로 인해 불구화된 가족의 모습을 그려 낸다. 대표작으로 꼽히는 『엄마의 말뚝』(1981)이 이러한 경향을 대표한다. 1990년 발표한 『미망』은 작가의 소설가로서의 완숙미를 잘 드러낸 작품이다. 이즈음 남편과 아들의 죽음을 겪는 등 개인적인 불행을 계속해서 겪게 되지만 그는 작품을 집필하면서 이 고통을 이겨낸다.

한편 난삽하지 않고 편안하게 독자를 대하는 여성 작가 특유의 따스한 시선으로 쓴 다수의 에세이집은 작가 박완서에 대한 독자들의 꾸준한 애정을 유지시키는 동력이 되고 있다. 그녀는 1980년에 발표한 「그 가을의 사흘 동안」으로 한국문학작가상을, 『엄마의 말뚝』으로 1981년 제5회 이상문학상을 수상한 바 있으며, 『미망』으로 1990년 대한민국문학상을 수상했다. 1993년 『박완서 문학 전집』(전 13권)이 출간되었으며, 1999년 『박완서 단편소설 전집』(전5권)이 출간되었다.

2011년 사망하였다.

family and conflicts among them. She questions the way a family is structured as a social unit and the relationships among family members in her novels including *Shaky Afternoon* (1977), *Thirsty Season* (1978), and *Bad Years in the City* (1979). This is also an exploration into social and moral standards in a rapidly industrialized society.

In another vein, Pak had been continuously interested in the family dynamic, crippled by the experience of the Korean War and the division of the country. *Mother's Stake I-III* series (1980, 1981, 1991) are best known among this group of stories by Pak. A family saga spanning the late nineteenth century through most of the twentieth century, *How Could it Be Forgotten Even in a Dream?* (1990), shows Pak's masterful hand at writing the novel. Around this time, Pak underwent tremendous personal tragedies, losing both her husband and only son in quick succession, but she endured her loss and pain through persistent writing.

Her publications include many collections of essays. Her readers have consistently loved her not only for her novels and stories but also for these warm-hearted essays, written in an easy style. She won numerous awards including the *Korean*

Literature Author's Award for "Three Days in That Autumn" in 1980, the fifth Yi Sang Literary Award for *Mother's Stake* in 1981, and the *Korean Literature Award* for *How Could it Be Forgotten Even in a Dream?* in 1990. The thirteen volume Collected Works of Pak Wan-sŏ was published in 1993, and the five volume *Collected Short Stories* was published in 1999. Pak died in 2011.

번역 **유영난** Translated by Yu Young-nan

문학 전문 번역가로 박완서의 『나목』, 염상섭의 『삼대』 등을 번역해 미국에서 출판했다. 2009년에는 스티븐 엡스타인과 공역으로 박완서의 『그 많던 싱아는 누가 다 먹었을까』를 출판했다. 2002년 이인화의 『영원한 제국』으로 대산문학상(번역 부문)을 받았다.

Yu Young-nan is a literary translator living in Seoul. She has translated several Korean novels and short stories into English, including Pak Wan-sŏ's *The Naked Tree*(1995) and Yŏm Sang-sŏp's *Three Generations*(2005). She also translated Pak Wan-sŏ's *Who Ate up All the Shinga?*(2009) with Stephen Epstein. In 2002, she was awarded the Daesan Literature Prize for her translation of Yi In-hwa's *Everlasting Empire.*

감수 **K. E. 더핀** Edited by K. E. Duffin

시인, 화가, 판화가. 하버드 인문대학원 글쓰기 지도 강사를 역임하고, 현재 프리랜서 에디터, 글쓰기 컨설턴트로 활동하고 있다.

K. E. Duffin is a poet, painter and printmaker. She is currently working as a freelance editor and writing consultant as well. She was a writing tutor for the Graduate School of Arts and Sciences, Harvard University.

감수 **전승희** Edited by Jeon Seung-hee

전승희는 서울대학교와 하버드대학교에서 영문학과 비교문학으로 박사 학위를 받았으며, 현재 연세대학교에서 연구교수로 재직하며 아시아 문예 계간지 《ASIA》 편집위원으로 활동 중이다.

Jeon Seung-hee is a member of the Editorial Board of ASIA, and a research professor at Yonsei University. She received A Ph.D. in English Literature from Seoul National University and a Ph.D. in Comparative Literature from Harvard University.

바이링궐 에디션 한국 대표 소설 004
엄마의 말뚝 1

2012년 7월 15일 초판 1쇄 발행
2025년 9월 15일 초판 6쇄 발행

지은이 박완서 | **옮긴이** 유영난 | **감수** K. E. 더핀, 전승희
펴낸이 김재범 | **기획위원** 전성태, 정은경, 이경재
인쇄·제책 굿에그커뮤니케이션 | **종이** 한솔PNS
펴낸곳 (주)아시아 | **출판등록** 2006년 1월 27일 제406-2006-000004호
주소 경기도 파주시 회동길 445
전화 031.944.5058 | **팩스** 070.7611.2505 | **홈페이지** www.bookasia.org
전자우편 bookasia@hanmail.net
ISBN 978-89-94006-20-8(set) | 978-89-94006-21-5(04810)
값은 뒤표지에 있습니다.

Bi-lingual Edition Modern Korean Literature 004
Mother's Stake 1

Written by Park Wan-sŏ | **Translated by** Yu Young-nan
Published by ASIA Publishers
Address 445, Hoedong-gil, Paju-si, Gyeonggi-do, Korea
Homepage Address www.bookasia.org | **Tel.** (8231).944.5058
E-mail bookasia@hanmail.net
First published in Korea by Asia Publishers 2012
ISBN 978-89-94006-20-8(set) | 978-89-94006-21-5(04810)

바이링궐 에디션 한국 대표 소설 목록

001 **병신과 머저리** 이청준 / 제니퍼 리

002 **어둠의 혼** 김원일 / 손석주, 캐서린 로즈 토레스

003 **순이삼촌** 현기영 / 이정희

004 **엄마의 말뚝 1** 박완서 / 유영난

005 **유형의 땅** 조정래 / 전경자

006 **무진기행** 김승옥 / 케빈 오록

007 **삼포 가는 길** 황석영/ 김우창

008 **아홉 켤레의 구두로 남은 사내** 윤흥길 / 브루스 풀턴, 주찬 풀턴

009 **돌아온 우리의 친구** 신상웅 / 손석주, 캐서린 로즈 토레스

010 **원미동 시인** 양귀자 / 전미세리

011 **중국인 거리** 오정희 / 주찬 풀턴, 브루스 풀턴

012 **풍금이 있던 자리** 신경숙 / 아그니타 테넌트

013 **하나코는 없다** 최윤 / 주찬 풀턴, 브루스 풀턴

014 **인간에 대한 예의** 공지영 / 주찬 풀턴, 브루스 풀턴

015 **빈처** 은희경 / 전승희

016 **필론의 돼지** 이문열 / 제이미 챙

017 **슬로우 불릿** 이대환 / 전승희

018 **직선과 독가스** 임철우 / 크리스 최

019 **깃발** 홍희담 / 전승희

020 **새벽 출정** 방현석 / 주다희, 안선재

021 **별을 사랑하는 마음으로** 윤후명 / 전미세리

022 **목련공원** 이승우 / 유진 라르센-할록

023 **칼에 찔린 자국** 김인숙 / 손석주, 캐서린 로즈 토레스

024 **회복하는 인간** 한강 / 전승희

025 **트렁크** 정이현 / 브루스 풀턴, 주찬 풀턴

026 **판문점** 이호철 / 테오도르 휴즈

027 **수난 이대** 하근찬 / 케빈 오록

055 **봄밤** 권여선 / 전승희

028 **분지** 남정현 / 전승희

029 **봄 실상사** 정도상 / 전승희

030 **은행나무 사랑** 김하기 / 손석주, 캐서린 로즈 토레스

031 **눈사람 속의 검은 항아리** 김소진 / 크리스 최

032 **오후, 가로지르다** 하성란 / 전승희

033 **나는 봉천동에 산다** 조경란 / 쉥크 카리

034 **그렇습니까? 기린입니다** 박민규 / 김소라

035 **성탄특선** 김애란 / 제이미 챙

036 **무자년의 가을 사흘** 서정인 / 제이미 챙

037 **유자소전** 이문구 / 제이미 챙

038 **향기로운 우물 이야기** 박범신 / 마야 웨스트

039 **월행** 송기원 / 제인 리

040 **협죽도 그늘 아래** 성석제 / 전승희

041 **아겔다마** 박상륭 / 전승희

042 **내 영혼의 우물** 최인석 / 전승희

043 **당신에 대해서** 이인성 / 마야 웨스트

044 **회색 시** 배수아 / 장정화, 앤드류 제임스 키스트

045 **브라운 부인** 정영문 / 정영문

046 **속옷** 김남일 / 전승희

047 **상하이에 두고 온 사람들** 공선옥 / 전승희

048 **모두에게 복된 새해** 김연수 / 마야 웨스트

049 **코끼리** 김재영 / 미셸 주은 김

050 **먼지별** 이경 / 전미세리

051 **혜자의 눈꽃** 천승세 / 전승희

052 **아베의 가족** 전상국 / 손석주

053 **문 앞에서** 이동화 / 전미세리

054 **그리고, 축제** 이혜경 / 브루스 풀턴, 주찬 풀턴

083 **상춘곡** 윤대녕 / 테레사 김

056 **오늘의 운세** 한창훈 / 케롱 린

057 **새** 전성태 / 전승희

058 **밀수록 다시 가까워지는** 이기호 / 테레사 김

059 **유리방패** 김중혁 / 케빈 오록

060 **전당포를 찾아서** 김종광 / 손석주

061 **도둑견습** 김주영 / 손석주

062 **사랑하라, 희망 없이** 윤영수 / 전승희

063 **봄날 오후, 과부 셋** 정지아 / 브랜든 맥케일, 김윤경

064 **유턴 지점에 보물지도를 묻다** 윤성희 / 이지은

065 **쁘이거나 쯔이거나** 백가흠 / 장정화, 앤드류 제임스 키스트

066 **나는 음식이다** 오수연 / 크리스 최

067 **트럭** 강영숙 / 전승희

068 **통조림 공장** 편혜영 / 미셸 주은 김

069 **꽃** 부희령 / 리처드 해리스, 김현경

070 **피의일요일** 윤이형 / 전승희

071 **북소리** 송영 / 손석주

072 **발칸의 장미를 내게 주었네** 정미경 / 스텔라 김

073 **아무도 돌아오지 않는 밤** 김숨 / 전미세리

074 **젓가락여자** 천운영 / 전미세리

075 **아직 일어나지 않은 일** 김미월 / 전미세리

076 **언니를 놓치다** 이경자 / 장정화, 앤드류 키스트

077 **아들** 윤정모 / 쉥크 카리

078 **명두** 구효서 / 미셸 주은 김

079 **모독** 조세희 / 손석주

080 **화요일의 강** 손홍규 / 제이미 챙

081 **고수** 이외수 / 손석주

082 **말을 찾아서** 이순원 / 미셸 주은 김

084 **삭매와 자미** 김별아 / 전미세리

085 **저만치 혼자서** 김훈 / 크리스 최

086 **감자** 김동인 / 케빈 오록

087 **운수 좋은 날** 현진건 / 케빈 오록

088 **탈출기** 최서해 / 박선영

089 **과도기** 한설야 / 전승희

090 **지하촌** 강경애 / 서지문

091 **날개** 이상 / 케빈 오록

092 **김 강사와 T 교수** 유진오 / 손석주

093 **소설가 구보씨의 일일** 박태원 / 박선영

094 **비 오는 길** 최명익 / 자넷 풀

095 **빛 속에** 김사량 / 크리스토퍼 스캇

096 **봄 · 봄** 김유정 / 전승희

097 **벙어리 삼룡이** 나도향 / 박선영

098 **달밤** 이태준 / 김종운, 브루스 풀턴

099 **사랑손님과 어머니** 주요섭 / 김종운, 브루스 풀턴

100 **갯마을** 오영수 / 마샬 필

101 **소망** 채만식 / 브루스 풀턴, 주찬 풀턴

102 **두 파산** 염상섭 / 손석주

103 **풀잎** 이효석 / 브루스 풀턴, 주찬 풀턴

104 **맥** 김남천 / 박선영

105 **꺼삐딴 리** 전광용 / 마샬 필

106 **소나기** 황순원 / 에드워드 포이트라스

107 **등신불** 김동리 / 설순봉

108 **요한 시집** 장용학 / 케빈 오록

109 **비 오는 날** 손창섭 / 전승희

110 **오발탄** 이범선 / 마샬 필